HAN KANG
DIE VEGETARIERIN

atb aufbau taschenbuch

Han Kang wurde 1970 in Gwangju, Südkorea, geboren und ist die wichtigste literarische Stimme Koreas. 1993 debütierte sie als Dichterin, ihr erster Roman erschien 1994. Für »Die Vegetarierin« erhielt sie gemeinsam mit ihrer Übersetzerin 2016 den Man Booker International Prize, »Menschenwerk« erhielt den renommierten italienischen Malaparte-Preis. »Weiß« war ebenfalls für den Booker Prize nominiert. 2024 erhielt Han Kang den Nobelpreis für Literatur. Sie lebt in Seoul.

Im Aufbau Verlag sind »Die Vegetarierin«, »Menschenwerk«, »Deine kalten Hände«, »Weiß«, »Griechischstunden« und »Unmöglicher Abschied« lieferbar.

Mehr zur Autorin unter han-kang.net.

»Bevor meine Frau zur Vegetarierin wurde, hielt ich sie für nichts Besonderes. Bei unserer ersten Begegnung fand ich sie nicht einmal attraktiv. Mittelgroß, ein Topfschnitt, irgendwo zwischen kurz und lang, gelbliche unreine Haut, Schlupflider und dominante Wangenknochen. So fühlte ich mich weder von ihr angezogen noch abgestoßen und sah daher keinen Grund, sie nicht zu heiraten.«

Yong-Hye und ihr Ehemann sind ganz gewöhnliche Leute. Er geht beflissen seinem Bürojob nach und hegt keinerlei Ambitionen. Sie ist eine zwar leidenschaftslose, aber pflichtbewusste Hausfrau. Die angenehme Eintönigkeit ihrer Ehe wird jäh gefährdet, als Yong-Hye beschließt, sich fortan ausschließlich vegetarisch zu ernähren und alle tierischen Produkte aus dem Haushalt entfernt. »Ich hatte einen Traum«, so ihre einzige Erklärung. Ein kleiner Akt der Unabhängigkeit, aber ein fataler, denn in einem Land wie Südkorea, in dem strenge soziale Normen herrschen, gilt der Vegetarismus als subversiv. Doch damit nicht genug. Bald nimmt Yong-Hyes passive Rebellion immer groteskere Ausmaße an. Sie, die niemals gerne einen BH getragen hat, fängt an, sich in der Öffentlichkeit zu entblößen und von einem Leben als Pflanze zu träumen. Bis sich ihre gesamte Familie gegen sie wendet.

Die Vegetarierin ist eine kafkaeske Geschichte in drei Akten über Scham und Begierde, Macht und Obsession sowie unsere zum Scheitern verurteilten Versuche, den Anderen zu verstehen, der ja doch, wie man selbst, Gefangener im eigenen Leib ist.

HAN KANG

DIE VEGETARIERIN

ROMAN

Aus dem Koreanischen
von Ki-Hyang Lee

atb aufbau taschenbuch

Die koreanische Originalausgabe unter dem Titel
채식주의자
erschien 2007 bei Ch'angbi, Seoul.

This book is published with the support of the
Literature Translation Institute of Korea (LTI Korea).

FSC
www.fsc.org
MIX
Papier | Fördert
gute Waldnutzung
FSC® C083411

ISBN 978-3-7466-3333-6

Aufbau Taschenbuch ist eine Marke der Aufbau Verlage GmbH & Co. KG

27. Auflage 2025
Vollständige Taschenbuchausgabe

www.aufbau-verlage.de
10969 Berlin, Prinzenstraße 85
Die deutsche Erstausgabe erschien 2016 bei Aufbau,
einer Marke der Aufbau Verlage GmbH & Co. KG

Bei Fragen zur Sicherheit unserer Produkte wenden Sie sich bitte an
produktsicherheit@aufbau-verlage.de.
Umschlaggestaltung zero-media.net, München
unter Verwendung eines Fotos von © Tom Darracott
Satz LVD GmbH, Berlin
Druck und Binden CPI books GmbH, Leck, Germany

Printed in Germany

DIE VEGETARIERIN

Bevor meine Frau zur Vegetarierin wurde, hielt ich sie in jeder Hinsicht für völlig unscheinbar. Um ehrlich zu sein, fand ich sie bei unserer ersten Begegnung nicht einmal attraktiv. Mittelgroß, ein Topfschnitt, irgendwo zwischen kurz und lang, gelbliche unreine Haut, Schlupflider und dominante Wangenknochen. Ihre farblose Kleidung zeugte von ihrer Scheu, etwas von sich preiszugeben. Als sie sich dem Tisch näherte, an dem ich auf sie wartete, fielen mir ihre Schuhe auf. Es waren die schlichtesten schwarzen Schuhe, die man sich nur vorstellen kann. Und dann dieser Gang, nicht schnell, nicht langsam, nicht raumgreifend und auch nicht tippelnd.

So fühlte ich mich weder von ihr angezogen noch abgestoßen und sah daher keinen Grund, sie nicht zu heiraten. Ihr Mangel an Ausstrahlung, ihr fehlender Esprit und Charme, kam mir im Grunde genommen sehr gelegen. Auf diese Weise brauchte ich keine intellektuellen Hochleistungen zu vollbringen, um sie für mich zu gewinnen, und ich musste auch nicht fürchten, dass sie mich mit den makellosen Herrenmodels aus Modekatalogen verglich. Sie regte sich nicht einmal auf, wenn ich zu spät zu einer Verabredung kam. So konnte ich beruhigt sein, dass ihr meine sonstigen Unzulänglichkeiten auch nichts ausmachten. Der Bauch, den ich mit Mitte zwanzig angesetzt hatte, meine dünnen Beine und Oberarme, die sich trotz aller

Bemühungen weigerten, muskulöser zu werden, mein kleiner Penis, wegen dem ich einen Minderwertigkeitskomplex hatte.

Mein ganzes Leben lang habe ich nie die Herausforderung gesucht. Als ich klein war, umgab ich mich am liebsten mit deutlich jüngeren Kindern, damit ich den Chef spielen konnte. Später bewarb ich mich an einem College, das unter meinem Niveau lag, um sicherzugehen, dass ich ein Stipendium bekam. Schließlich nahm ich eine vollkommen durchschnittlich bezahlte Stelle in einer kleinen Firma an, in der man meine begrenzten Fähigkeiten jedoch zu schätzen wusste, solange ich pflichtschuldig meine Arbeit tat. Daher war es nur folgerichtig, dass ich eine Frau wählte, die an Durchschnittlichkeit kaum zu überbieten war. Eine Schöne, eine Intelligente, eine betörend Sinnliche oder gar eine Tochter aus reichem Haus hätte mein Leben sicher durcheinandergebracht.

Meine Erwartungen wurden voll und ganz erfüllt. Ich hatte eine ganz normale Ehefrau bekommen, ohne lästige Extravaganzen. Sie stand jeden Morgen um sechs Uhr auf und machte mir Frühstück aus Reis, Suppe und gelegentlich Fisch. Wie sie es von Jugend an gewohnt war, trug sie auch nach unserer Heirat durch Teilzeitjobs zum Familieneinkommen bei. Sie arbeitete als Hilfslehrerin in einem Institut für Computergrafik, das sie selbst ein Jahr lang besucht hatte, und kümmerte sich nebenher in Heimarbeit um Aufträge von Manga-Verlagen, bei denen es darum ging, Sprechblasen mit Text zu füllen.

Sie redete in der Regel nicht viel, bat mich selten um etwas und machte mir niemals eine Szene, egal wie spät ich heimkam. An Tagen, an denen wir zufällig beide frei hatten, bedrängte sie mich nicht, mit ihr auszugehen. Während ich die Nachmittage auf dem Sofa vertrödelte, in der

Hand die Fernbedienung des Fernsehers, zog sie sich in ihr Zimmer zurück. Wahrscheinlich zum Lesen, ihrer einzigen Leidenschaft. Dabei sahen die Bücher meistens dermaßen langweilig aus, dass ich mich nicht einmal überwinden konnte, die Titelseite aufzuschlagen. Nur zu den Mahlzeiten öffnete sich ihre Zimmertür, und meine Frau kam wortlos heraus, um zu kochen. Ich muss zugeben, das Leben mit ihr war nicht gerade aufregend, aber ich war dankbar dafür. Wäre sie eine der Frauen gewesen, die ihre Männer wegen jeder Kleinigkeit mehrmals am Tag anriefen und regelmäßig eine Szene machten, wie ich es bei meinen Arbeitskollegen und Freunden mitansehen musste, hätte ich schnell die Nase voll von ihr gehabt.

Nur in einer Hinsicht unterschied sie sich vom Großteil der anderen Frauen: Sie hasste es, einen BH zu tragen. Unsere Treffen vor der Heirat waren kurz und unspektakulär. Als ich aber einmal zufällig meine Hand auf ihren Rücken legte, dauerte es einen Moment, bis mir klar wurde, dass ich unter ihrem Pullover keinen BH-Träger spürte. Mir wurde ganz heiß bei dem Gedanken. Plötzlich sah ich sie mit ganz anderen Augen und verbrachte mehrere Minuten damit, in ihrem Verhalten nach Anzeichen dafür zu suchen, dass sie eine versteckte Botschaft an mich aussendete. Ich kam jedoch zu dem Schluss, dass dem nicht so war. Was war es also dann? Bequemlichkeit oder Nachlässigkeit? Ich konnte es mir nicht erklären. Ihre Brüste waren auch nicht so wohlgeformt, als dass sie sie auf diese Art und Weise zur Schau hätte stellen können. Im Gegenteil, ein Push-up-BH hätte sie in meinen Augen vorzeigbarer gemacht.

Seit Beginn unserer Ehe trug sie zu Hause nie einen BH. Selbst wenn ich sie in den Sommermonaten davon überzeugen konnte, einen zu tragen, um die Brustwarzen zu bedecken, dann öffnete sie den Verschluss, sobald wir das

Haus verlassen hatten. Es störte sie überhaupt nicht, dass man die offenen Häkchen unter eng anliegenden oder hellen Oberteilen sehen konnte. Wenn ich darüber eine Bemerkung machte, zog sie es vor, eine Weste überzuziehen, trotz der großen Hitze. Sie erklärte mir, ein BH würde sie einengen, ihre Brüste quetschen. Ich konnte das natürlich nicht nachvollziehen, da ich noch nie einen getragen hatte. Ungeachtet dieser Tatsache kam mir ihre Empfindlichkeit etwas übertrieben vor, kannte ich doch genügend Frauen, die diese Ansicht nicht zu teilen schienen.

Abgesehen von dieser Kleinigkeit lief unsere Ehe gut. Wir waren nun schon fast fünf Jahre verheiratet, und da es keine Liebesheirat gewesen war, konnte es uns auch nicht passieren, dass unsere Leidenschaft abkühlte und wir in Gleichgültigkeit und Langeweile versanken. Ich fragte mich jedoch, ob es nicht allmählich an der Zeit war, Vater zu werden. Wir hatten das Kinderkriegen zurückgestellt, bis wir in der Lage wären, eine Eigentumswohnung zu kaufen, was seit dem vorherigen Herbst der Fall war. Bis zu dem Morgen im Februar, an dem ich meine Frau im Nachthemd in der Küche vorfand, hätte ich mir nicht im Traum vorstellen können, dass sich unser beschauliches Eheleben derart drastisch verändern würde.

*

»Was machst du denn da?«

Ich war gerade dabei gewesen, das Licht im Badezimmer anzumachen. Es war erst vier Uhr früh, und mich hatten brennender Durst und akuter Blasendrang aus dem Bett getrieben, da ich beim Abendessen mit den Kollegen eineinhalb Flaschen Soju getrunken hatte.

»Hallo? Ich habe dich gefragt, was du hier machst?«

Ich starrte sie an, und mich fröstelte. Jede alkoholbedingte Benommenheit war plötzlich wie weggeblasen. Sie stand reglos vor dem Kühlschrank. Ihr Gesicht lag im Dunkeln, so dass ich ihren Gesichtsausdruck nicht erkennen konnte, aber irgendetwas in ihrer Haltung machte mir Angst. Ihr volles, naturschwarzes Haar war zerzaust. Ihr knöchellanges weißes Nachthemd war wie immer leicht verrutscht.

Im Gegensatz zum Schlafzimmer war es in der Küche ziemlich kalt. Da sie recht verfroren war, hätte meine Frau normalerweise sofort eine Strickjacke angezogen und wäre in ihre Hausschuhe geschlüpft. Doch sie stand barfuß in dem dünnen Nachthemd zur Salzsäule erstarrt da. Hörte sie mich überhaupt? Ihre Haltung war so unnatürlich starr dem Kühlschrank zugewandt, als stünde davor eine unsichtbare Person oder ein Geist.

Was ging hier vor? War dies ein Fall von Schlafwandeln, von dem man gelegentlich hörte?

Ich ging auf sie zu, versuchte ihr ins Gesicht zu blicken. »Was ist mit dir los? Warum stehst du hier?«

Sie zuckte nicht zusammen, als ich ihr die Hand auf die Schulter legte. Sie war also nicht in Trance, sondern schien meine Anwesenheit sehr wohl bemerkt zu haben. Auch meine Fragen hatte sie vermutlich gehört und durchaus wahrgenommen, dass ich auf sie zugekommen war. Sie hatte mich lediglich ignoriert, wie sie es manchmal tat, wenn ich spät nach Hause kam und sie, ohne aufzublicken, einem Film im Fernsehen folgte. Aber was konnte um vier Uhr morgens in einer dunklen Küche an einer weiß schimmernden Kühlschranktür so fesselnd sein?

»Schatz!« In der Dunkelheit konnte ich nun verschwommen ihr Gesicht erkennen. Zunächst sah ich ihre Augen, kalt glänzend wie nie zuvor, dann öffneten sich langsam ihre Lippen.

»Ich hatte einen Traum.« Ihre Stimme war erstaunlich klar.

»Einen Traum? Wovon um alles in der Welt sprichst du? Ist dir klar, wie spät es ist?«

Sie drehte mir den Rücken zu und ging langsam ins Schlafzimmer, dessen Tür noch offen stand. Kaum hatte sie die Türschwelle überquert, legte sie ihre Hand auf die Klinke und zog die Tür leise hinter sich zu. Ich blieb allein in der dunklen Küche zurück und starrte auf die Tür, die die Silhouette meiner Frau verschluckt hatte.

Dann machte ich das Badezimmerlicht an und trat ein. Seit mehreren Tagen lagen die Außentemperaturen bei gut zehn Grad unter null. Obwohl ich schon vor ein paar Stunden geduscht hatte, waren meine Badesandalen immer noch feucht und kalt. Über das schwarze Loch des Ventilators oberhalb der Badewanne breitete sich die Trostlosigkeit des grausamen Winters auf den weißen Kacheln an den Wänden und auf dem Fußboden aus.

Als ich ins Schlafzimmer zurückkam, fand ich meine Frau zusammengekrümmt auf der Seite liegend. Sie gab keinen Laut von sich. Ich hätte ebenso gut allein im Raum sein können. Aber bei genauem Hinhören war da ein ganz leises Atemgeräusch. Sie schien nicht zu schlafen. Ich brauchte nur die Hand auszustrecken, um ihre weiche Haut zu spüren. Aber irgendwie konnte ich nicht. Auch hatte ich keine Lust, sie anzusprechen.

*

Eingewickelt in meine Bettdecke betrachtete ich gedankenverloren das Licht der Wintermorgensonne, das durch die weißen Vorhänge in das Zimmer fiel. Beiläufig hob ich den Kopf, um einen Blick auf die Wanduhr werfen zu können, woraufhin ich eiligst aus dem Bett sprang und in die Küche rannte. Meine Frau hockte vor dem Kühlschrank.

»Bist du irre? Warum hast du mich nicht geweckt? Hast du gesehen, wie spät …«

Ich hielt mitten im Satz inne, als ich etwas Weiches unter meiner Fußsohle spürte. Ich traute meinen Augen kaum. Sie kauerte in ihrem Nachthemd auf dem Boden, die Haare hingen ihr wirr ins Gesicht. Um sie herum war der Fußboden bedeckt von einer Ansammlung schwarzer und weißer Gefrierbeutel sowie einer beträchtlichen Anzahl an Plastikbehältern. Man konnte nirgendwo einen Fuß hinsetzen, ohne daraufzutreten. Die Gefrierbeutel enthielten Fonduefleisch, Schweinebauch, zwei Packungen Rinderfilets, Tintenfisch, Aal, den uns ihre auf dem Land lebende Mutter erst kürzlich geschickt hatte, gepökelten und mit gelben Fäden umwickelten Trockenfisch, Teigtaschen und eine Menge nicht erkennbarer Lebensmittel. Stück für Stück warf sie diese in einen großen Müllbeutel.

Ich verlor die Beherrschung und rief: »Was zum Henker treibst du da?«

Genau wie ein paar Stunden zuvor nahm sie keine Notiz von mir und machte seelenruhig weiter mit der Entsorgung von Rind, Schwein, Hühnchen und sogar den Aalen, die nicht unter zweihunderttausend Won zu bekommen waren.

»Bist du übergeschnappt? Warum schmeißt du das alles weg?«

Ich bahnte mir meinen Weg durch die Verpackungen, fasste ihr Handgelenk und versuchte, ihr die Beutel zu entwinden. Unerwartet kraftvoll hielt sie jedoch dagegen, so dass es mich einige Anstrengung kostete, ihren festen Griff zu lösen. Während sie sich mit der Linken das gerötete andere Handgelenk massierte, sagte meine Frau gewohnt ruhig und emotionslos: »Ich hatte einen Traum.«

Schon wieder dieser Satz. Sie blickte mir unverändert ausdruckslos in die Augen. In diesem Moment klingelte mein Handy.

»Verdammt!«

Fieberhaft durchsuchte ich meinen Mantel, den ich am Abend zuvor auf das Sofa im Wohnzimmer gelegt hatte. Erst an der letzten möglichen Stelle, der inneren Brusttasche, ertasteten meine Finger das lärmende Gerät.

»… Ich bitte vielmals um Entschuldigung. Ich hatte ein unerwartetes privates Problem … Ich bin wirklich untröstlich. Ich versuche, so schnell wie möglich da zu sein … Ja, ja, kein Problem, ich kann sofort aufbrechen … Ich brauche nicht lange … Nein, nein, ich bitte Sie, gedulden Sie sich nur noch einen kleinen Moment. Es tut mir wirklich leid … Ja, ich weiß nicht, was ich Ihnen sonst sagen soll …«

Ich klappte das Handy zu und stürzte ins Bad. Vor Erregung schnitt ich mich zweimal beim Rasieren.

»Gibt es kein gebügeltes Hemd mehr?«

Keine Antwort. Wütend wandte ich mich dem Wäschekorb zu und suchte nach dem getragenen Hemd vom Vortag. Glücklicherweise war es nicht allzu verknittert. Die Krawatte legte ich mir einfach ungebunden um den Hals, zog Socken an und schnappte mir Terminkalender und Geldbeutel. Meine Frau zeigte sich nicht. Dies war das erste Mal seit fünf Jahren, dass ich zur Arbeit ging, ohne dass sie mir meine Sachen reichte und mich verabschiedete.

»Du bist doch krank! Völlig plemplem!«

Ich schlüpfte in die nächstbesten Schuhe und erwischte ausgerechnet die neuen, die mich drückten. Dann riss ich die Wohnungstür auf und stellte fest, dass sich der Lift im obersten Stockwerk des Hochhauses befand. Also hastete ich die drei Stockwerke zu Fuß hinunter. Erst nachdem ich es in letzter Sekunde geschafft hatte, in die U-Bahn zu springen, hatte ich Zeit, mein Spiegelbild in der Fensterscheibe zu betrachten. Ich fuhr mir durch die Haare, band die Krawatte und versuchte, die Knitterfalten aus meinem Hemd zu streichen. Das Bild meiner Frau drängte sich in meine Gedanken. Ihr erschreckend unbewegter Gesichtsausdruck und die ruhige Stimme.

Ich hatte einen Traum. Zweimal hatte sie dies gesagt. Hinter dem Fenster des fahrenden Zuges sah ich ihr Gesicht vor der dunklen Tunnelwand schweben. Es war mir fremd geworden, fast unbekannt. Aber ich hatte jetzt keine Zeit, über das seltsame Verhalten meiner Frau nachzudenken. Ich musste mir noch eine glaubhafte Ausrede für mein Zuspätkommen zurechtlegen und die Präsentation vorbereiten. Ich beschloss, an diesem Abend früher Schluss zu machen und mit meiner Frau zu sprechen. Seit ich vor Monaten den neuen Posten angenommen hatte, kam ich keinen Tag vor Mitternacht nach Hause.

*

Ein dunkler Wald. Kein Mensch weit und breit. Während ich zwischen den dornigen Büschen herumirrte, zerkratzte ich mir das Gesicht und die Arme. Ich hatte den Eindruck, Teil einer Gruppe gewesen zu sein, aber offensichtlich hatte ich diese verloren. Ich hatte Angst. Mir war kalt. Ich durchquerte ein vereistes Tal, bevor ich einen hellen Bau entdeckte, der einer Scheune ähnelte. Ich schob die Matte vor dem Tor beiseite und ging hinein. Da sah ich sie: Hunderte von riesigen roten Fleischstücken hingen an langen Bambusstangen. Blut rann von den frischeren Stücken herunter. Ich lief an unendlichen Reihen von Fleischstücken entlang und fand keinen Ausgang. Mein weißes Kleid wurde ganz blutig.

Ich wusste nicht, wie es mir schließlich gelang zu entkommen. Ich rannte und rannte durch das Tal. Plötzlich lichtete sich der Wald, die Blätter der Bäume erstrahlten im frischen Frühjahrsgrün. Kinder wimmelten umher, und es roch appetitlich. Zahlreiche Familien picknickten. Die Szenerie erschien unendlich idyllisch und friedlich. Am Ufer eines gluckernd dahinfließenden Baches saßen Leute auf einer Matte und aßen Kimbab. Irgendwo wurde Fleisch gegrillt. Gesang und Gelächter erfüllten die Luft.

Ich hatte trotzdem Angst. Mein Kleid war immer noch fleckig. Ich versteckte mich hinter einem Baum, damit niemand meine Anwesenheit bemerkte. Auch meine Hände waren blutig, ebenso wie mein Mund. Ich hatte in der Scheune dieses rohe Stück Fleisch vom Boden aufgehoben und gegessen. Mein Mund, die Zähne und mein Gaumen waren voll von Blut gewesen. Meine Augen spiegelten sich glitzernd in einer Blutlache am Boden.

Wie lebendig mir das Gefühl vorkam, rohes Fleisch zwischen den Zähnen zu haben und zu kauen. Mein Gesicht, das Leuchten in meinen Augen. Ein Gesicht, wie ich es zuvor noch nie gesehen hatte, und zugleich aber meines, ohne Zweifel. Nein, im Gegenteil: Eine Fratze, wie ich sie schon unzählige Male gesehen habe, die mir aber gänzlich unähnlich ist. Ich kann es dir nicht erklären. Diese lebhafte Erinnerung ist bizarr, furchtbar bizarr, gleichzeitig vertraut und doch neu.

*

Das Abendessen, das meine Frau für uns hergerichtet hatte, bestand aus Bataviasalat, Sojapaste mit Kimchi und einer Algensuppe ohne das übliche Fleisch oder Geflügel.

»Was um Himmels willen soll das alles? Willst du mir etwa weismachen, du hast das ganze Fleisch wegen eines lächerlichen Traumes weggeschmissen? Ist dir eigentlich klar, wie viel Geld du zum Fenster hinausgeworfen hast?«

Ich stand auf, ging zum Gefrierschrank und schaute hinein. Alles, was ich fand, war gemahlenes, geröstetes Getreide, Paprikapulver, eingefrorene Chilischoten und ein Beutel mit gehacktem Knoblauch.

»Mach mir wenigstens ein Spiegelei! Ich bin heute Abend wirklich ausgehungert. Ich hatte nicht einmal Zeit, zu Mittag zu essen.«

»Die Eier habe ich auch weggeworfen.«

»Was?«

»Danach habe ich die Milch abbestellt.«

»Das kann doch nicht wahr sein! Also werde auch ich von nun an überhaupt keine tierischen Produkte mehr zu mir nehmen können?«

»Ich kann es nicht ertragen, sie im Kühlschrank liegen zu sehen.«

Wie konnte sie nur so auf sich fixiert sein? Ich musterte sie eindringlich. Sie sah mich nicht an, wirkte aber ausgeglichen wie nie zuvor. Ich begriff nicht, dass die ganze Zeit ein solcher Egoismus und eine solche Rücksichtslosigkeit in ihr geschlummert haben sollten. Sie konnte doch nicht plötzlich so unvernünftig sein.

»Hast du mir gerade mitgeteilt, dass es in dieser Wohnung nichts mehr zu essen geben wird, das irgendwie von Tieren stammt?«

»Du frühstückst hier doch nur. Also kannst du mittags und abends Fleisch essen … Du wirst nicht gleich sterben, wenn du morgens darauf verzichten musst«, erwiderte sie, als sei ihre Entscheidung gerechtfertigt und wohlüberlegt.

»Na gut! Lassen wir mich einmal beiseite. Aber was ist mit dir? Du willst also gar nichts Tierisches mehr essen?«

Sie nickte.

»Ach ja? Wie lange willst du das durchhalten?«

»Für immer.«

Ich war sprachlos. Ich hatte schon mitbekommen, dass es gerade Mode war, sich vegetarisch zu ernähren. Die Leute stürzten sich darauf, weil sie sich davon ein langes, gesundes Leben erhofften, weil sie eine Allergie oder Probleme mit der Haut loswerden wollten oder weil sie sich Sorgen um die Umwelt machten. Buddhistische Mönche waren Vegetarier wegen des Gebots, nicht zu töten. Aber was hatte meine Frau dazu bewogen? Sie war kein pubertärer Teenager mehr. Sie musste weder abnehmen noch eine Krankheit kurieren, und sie war auch nicht von einem Geist besessen. Nein, sie wollte offenbar ihre Essgewohnheiten wegen eines Alptraums ändern. Und sie beharrte darauf, egal was ich als ihr Ehemann dagegen sagte.

Ich hätte es sogar verstanden, wenn sie schon immer eine Abneigung gegen Fleisch gehabt hätte. Seitdem ich sie kenne, hatte sie gern und viel gegessen, eine Eigenschaft, die mir ganz besonders an ihr gefallen hatte. Sie war geübt darin, Rindersteaks zu grillen, sie geschickt zu wenden und zu zerteilen. Sie war überhaupt eine sehr gute Köchin, was sie von Beginn unserer Ehe an jeden Sonntag unter Beweis stellte. Ihr frittierter Schweinebauch in einer Marinade aus Ingwer und Sirup war ein Gedicht. Oder eine ihrer Eigenkreationen: mit schwarzem Pfeffer und Sesamöl gewürzte feine Fleischstreifen, die sie in klebrigem Reismehl wälzte und briet. Ganz zu schweigen von ihrem Bibimbap. Dabei wurde der Reis erst eingeweicht, dann zusammen mit Rinderhack, Sesamöl und Sojasprossen gekocht. Von ihrem Hühnerragout konnte ich drei Teller essen. Das Beste daran waren die großen Kartoffelstücke und die sämige, süß-scharfe Soße.

Aber was bekam ich stattdessen? Gerade hatte sie mir die Algensuppe eingeschenkt, die zumindest auf den ersten Blick nichts Gutes verhieß. Meine Frau saß schief auf ihrem Stuhl und löffelte die unappetitlich aussehende Brühe. Dazu schaufelte sie sich Reis auf ein Blatt Bataviasalat, gab Sojabohnenpaste dazu, stopfte sich das Ganze in den Mund und kaute mit dicken Backen.

Ich verstand sie nicht. In diesem Moment wurde mir klar, dass ich meine Frau offensichtlich überhaupt nicht kannte.

»Isst du nichts?« Sie wirkte teilnahmslos, als wäre sie in den Wechseljahren.

Sie kaute bedächtig und geräuschvoll auf ihrem Kimchi herum. Ich war aufgestanden und betrachtete sie aufmerksam. Sie jedoch schenkte mir, ihrem Mann, nicht die geringste Beachtung.

*

Die Dinge blieben so bis zum Frühling. Jeden Morgen musste ich mich mit vegetarischem Essen zufriedengeben, aber ich beschwerte mich nicht mehr. Wenn sich in einer Ehe ein Partner dermaßen radikal verändert, dann bleibt dem anderen gar nichts anderes übrig, als sich anzupassen.

Sie nahm immer mehr ab. Ihre ohnehin schon prominenten Wangenknochen traten noch deutlicher hervor und entstellten ihr Gesicht zusehends. Wenn sie nicht geschminkt war, sah sie richtig krank aus. Der Verzicht auf Fleisch konnte aber nicht der einzige Grund für ihre Gewichtsabnahme sein. Andernfalls wäre dies die Patentlösung für alle Übergewichtigen. Ich wusste, dass meine

Frau nicht nur wegen ihrer veränderten Essgewohnheiten abmagerte. Es lag an ihrem Traum. Sie schlief nämlich kaum noch.

Meine Frau war nie ein Nachtmensch gewesen. Wenn ich zu später Stunde nach Hause gekommen war, dann schlief sie meistens schon. Doch mittlerweile fand ich mich immer allein im Schlafzimmer wieder, selbst wenn ich nach Mitternacht kam und mich in aller Ruhe fertig machte, bevor ich zu Bett ging. Es war mir ein Rätsel. Sie las nicht, chattete auch nicht im Internet und sah so gut wie nie mehr fern. Auch ihre Arbeit an den Sprechblasen nahm nicht viel Zeit in Anspruch.

Gegen fünf Uhr früh schlief sie endlich ein, wachte aber nach einer Stunde mit einem Seufzer wieder auf. Während des Frühstücks saß sie mir mit strähnigen Haaren und blutunterlaufenen Augen gegenüber und rührte ihren Löffel noch nicht einmal an. Am meisten störte mich, dass sie dem Sex aus dem Weg ging. Sie war immer sehr willig meinem Verlangen nachgekommen und hatte gelegentlich selbst die Initiative übernommen, indem sie mich streichelte. Jetzt jedoch schüttelte sie meine Hand ab, wenn ich sie nur auf ihre Schulter legte.

Eines Tages stellte ich sie zur Rede: »Was hast du für ein Problem?«

»Ich bin müde.«

»Du musst Fleisch essen. Es ist kein Wunder, dass du so schwach bist. Früher warst du nie so.«

»Die Wahrheit ist …«

»Was?«

»Es ist wegen des Geruchs.«

»Des Geruchs?«

»Ja, des Fleischgeruchs. Du riechst nach Fleisch.«

Ich lachte auf. »Du hast doch gerade mit eigenen Augen

gesehen, dass ich geduscht habe. Wo bitte schön soll denn der Fleischgeruch herkommen?«

Mit Nachdruck entgegnete sie mir: »Er dringt dir aus jeder Pore.«

Von dem Moment an befürchtete ich das Schlimmste. Was, wenn es Symptome einer furchtbaren Krankheit waren? Einer Paranoia, einer Psychose oder einer Depression? Davon hörte man ja viel.

Aber ich konnte nicht mit Sicherheit sagen, dass sie nicht mehr richtig im Kopf war. Wie gewöhnlich redete sie wenig, und die Wohnung war sauber wie eh und je. Am Wochenende bereitete sie täglich zwei bis drei vegetarische Mahlzeiten zu. Ab und zu gab es sogar gebratene Glasnudeln, wobei sie das Fleisch durch Pilze ersetzte. Daran war nichts Verrücktes, vor allem wenn ich berücksichtigte, dass es ja gerade im Trend lag, sich vegetarisch zu ernähren. Absonderlich war nur die Tatsache, dass sie nicht mehr schlief und dass sie auf meine Nachfragen immer wieder stereotyp antwortete: »Ich hatte einen Traum.« Sie wirkte dabei so abwesend und niedergeschlagen, als lastete irgendetwas auf ihr. Ich fragte sie nie mehr nach den Einzelheiten ihres Traumes, da ich keine Lust hatte, mir noch einmal das wirre Gerede von der Scheune in dem dunklen Wald oder der Spiegelung ihres Gesichtes in einer Blutlache anzuhören. Dieser Traum, zu dem ich keinen Zugang fand und den ich nicht verstand, auch keinen Versuch dazu unternahm, war jedenfalls der Grund für ihre Gewichtsabnahme. Es hatte einen Moment gegeben, da hätte sie mit ihrer Figur eine Ballerina sein können. Als dieser Punkt überschritten war, sah sie krank aus, da sie nur noch aus Haut und Knochen bestand. Meine Befürchtungen wischte ich jedoch vom Tisch. Denn wenn man sich ihre Eltern anschaute, die Holz verkauften und einen kleinen Lebensmittelladen führten, oder ihre Schwester und ihren Bruder, dann konnte eigentlich keine Geisteskrankheit in der Familie liegen.

Beim Gedanken an ihre Familie kam mir unwillkürlich dichter Rauch in den Sinn, der Duft von gegrilltem Knoblauch, das Klirren der mit Soju gefüllten Gläser der Männer am Grill und das lautstarke Geplapper der Frauen in der Küche. Die ganze Familie, allen voran mein Schwiegervater, liebte Tatar. Meine Schwiegermutter konnte Sashimi aus lebenden Fischen zubereiten, und ihre beiden Töchter, meine Schwägerin und meine Frau, beherrschten die Kunst, Hühnchen mit einem großen Fleischermesser zu tranchieren. Ich hatte den Pragmatismus meiner Frau geschätzt, die nicht gezögert hatte, Schaben mit der bloßen Hand zu zerquetschen. War sie etwa doch nicht die durchschnittlichste Frau der Welt, die zu finden ich mir so viel Mühe gegeben hatte?

Auch wenn mich ihr Zustand stark beunruhigte, sträubte ich mich dagegen, einen Arzt oder Therapeuten hinzuzuziehen. Hätte es sich um jemand Fremden gehandelt, hätte ich einfach sagen können: »Das ist nur eine kleine Unpässlichkeit, das geht vorbei.« Aber so wusste ich nicht, wie ich mit ihrem absonderlichen Verhalten umgehen sollte.

*

Am Morgen bevor ich diesen Traum hatte, war ich dabei, von einem gefrorenen Stück Fleisch feine Scheiben abzuschneiden, als du ungehalten sagtest: »Scheiße, warum dauert das so lange?«

Klar, sobald du mich drängst, verfalle ich in Hektik. Ich werde nervös, stehe plötzlich neben mir, und schon geraten die Dinge durcheinander. Schnell, schneller, noch schneller. Die Hand mit dem Messer zitterte, und mir schoss das Blut in den Kopf. Dann verrutschte die Unterlage, das Messer glitt ab, und ich schnitt mir in den Finger. All das ging so schnell …

Als ich meinen Zeigefinger hochhielt, trat ein Blutstropfen aus der Wunde. Er war rundlich und wurde immer praller. Automatisch steckte ich den Finger in den Mund, und plötzlich fühlte ich mich besser. Die hochrote Farbe und der süßliche Geschmack hatten eine seltsam beruhigende Wirkung auf mich.

Als du dann auf einem Stück Fleisch herumkautest, spucktest du plötzlich etwas Glitzerndes aus und riefst: »Was zum Teufel ist das? Ein Metallsplitter vom Messer!« Dein Gesicht war wutverzerrt. »Und wenn ich den hinuntergeschluckt hätte? Ich hätte daran sterben können!«

Warum berührte mich das überhaupt nicht? Im Gegenteil, ich war die Ruhe selbst. Viel ruhiger als gewöhnlich. Als legte sich eine kühle Hand auf meine Stirn. Plötzlich entfernte sich alles von mir, wie Wasser, das bei Ebbe langsam ins Meer zurückweicht. Der Tisch, du, alle Küchenmöbel. Alles, was übrig blieb, war der Stuhl, auf dem ich saß, und ich in einem großen, leeren Raum.

Es war in dieser Nacht. Da habe ich das erste Mal die Blutlache auf dem Boden der Scheune gesehen und mein Spiegelbild darin.

*

»Was ist denn heute mit deinen Lippen los? Bist du nicht geschminkt?«

Ich schlüpfte noch einmal aus meinen Schuhen und zog meine Frau, die in ihrem schwarzen Trenchcoat und einem verblüfften Ausdruck dastand, in unser Schlafzimmer. »Willst du etwa so aus dem Haus gehen?« Unsere Gesichter tauchten in dem Spiegel auf ihrem Toilettentisch auf. »Schmink dich gefälligst!«

Sie löste sich von mir. Wortlos öffnete sie ihre Puderdose und fuhr sich mit der Quaste über das Gesicht. Jetzt sah sie aus wie eine staubige Stoffpuppe. Erst nachdem sie auch den üblichen korallenroten Lippenstift aufgetragen hatte, fiel ihre kranke Blässe nicht mehr so auf. Ich beruhigte mich.

»Wir sind spät dran! Beeil dich jetzt!« Ich lief voraus und öffnete die Wohnungstür. Mit dem Finger auf dem Fahrstuhlknopf wartete ich ungeduldig darauf, dass sie in aller Gemütsruhe ihre blauen Turnschuhe anzog. Blaue Turnschuhe und ein schwarzer Trenchcoat! Eine fragwürdige Kombination, aber meine Frau hatte keine andere Wahl. Sie besaß nur noch dieses Paar Schuhe, die anderen hatte sie weggeworfen, wie alles aus Leder.

Endlich im Auto, drehte ich sofort den Schlüssel um und suchte im Radio einen Sender mit den Verkehrsnachrichten. Mein Chef hatte uns in ein traditionelles koreanisches Restaurant eingeladen. Noch während ich aufmerksam auf Staumeldungen für die Gegend achtete, schnallte ich mich an und löste die Handbremse. Meine Frau hatte neben mir Platz genommen und nestelte ungeschickt am Sicherheitsgurt herum. Ihre Bewegungen wehten die kalte Luft herüber, die sich auf ihrem Trenchcoat in kurzer Zeit gesammelt hatte.

»Ich zähle heute Abend auf dich. Es ist das erste Mal, dass der Chef einen Büroleiter zum Essen einlädt. Das bedeutet, dass er mich schätzt.«

Indem ich Seitenstraßen nahm und mich nicht an die Geschwindigkeitsbegrenzung hielt, kamen wir noch rechtzeitig zu unserer Verabredung. Das Restaurant verfügte über einen großen Parkplatz und mehrere Gasträume, verteilt auf zwei Etagen. Man konnte schon auf den ersten Blick erkennen, dass es sich um ein gehobenes Lokal handelte.

Der Winter hielt sich hartnäckig, und meine Frau stand frierend in ihrem leichten Mantel auf dem Parkplatz. Sie hatte während der ganzen Fahrt keinen Ton gesagt, aber ich war daran gewöhnt und störte mich nicht daran. Mein leichtes Unbehagen bezüglich des Abends hatte ich schnell überwunden, indem ich mir sagte, es sei besser so. Schließlich wurde von Frauen seit eh und je erwartet, dass sie schwiegen und sich zurückhielten.

Der Geschäftsführer und seine beiden Stellvertreter waren schon da, zusammen mit ihren Gattinnen, versteht sich. Der Abteilungsleiter traf mit seiner Frau direkt nach uns ein. Zur Begrüßung nickten und lächelten wir uns alle gegenseitig zu, dann zogen wir unsere Mäntel aus und hängten sie auf. Die Frau des Geschäftsführers, sie hatte sorgfältig gezupfte Augenbrauen und trug eine Kette mit einem großen Jadeanhänger, bat uns, entlang einer langen Tafel Platz zu nehmen. Die anderen schienen die Örtlichkeit zu kennen. Ich schaute mich unauffällig um, während ich mich setzte. Die Decke des traditionellen Bauwerks war reich verziert, und ich bemerkte ein gemauertes Aquarium, in dem Goldfische schwammen. Als ich mich meiner Frau zuwandte, sah ich etwas, was mich stocken ließ.

Sie trug eine schwarze eng anliegende Bluse, unter der sich deutlich ihre Brustwarzen abzeichneten. Es gab keinen Zweifel, sie hatte keinen BH an. Was würden die anderen dazu sagen? Schnell warf ich einen Blick in die Runde, und er blieb bei der Frau eines der Stellvertreter haften. Sie gab vor, unbefangen zu sein, aber in ihren Augen spiegelten sich Neugier, Überraschung und Missbilligung, gefolgt von einer Spur Ratlosigkeit. Ich fühlte, wie mir das Blut zu Kopf stieg, und versuchte Ruhe zu bewahren. Gleichzeitig war ich mir der Anwesenheit meiner Frau bewusst, die abwesend wirkte und sich nicht am Tischgespräch beteiligte, sowie des verstohlenen Interesses, das sie erregte. Ich beschloss, mich so natürlich wie möglich zu geben.

»Hatten Sie Schwierigkeiten, das Restaurant zu finden?«, fragte mich die Frau des Geschäftsführers.

»Ich kannte es schon vom Vorbeigehen. Es sah von außen sehr einladend aus, und ich wollte selbst schon einmal herkommen.«

»Ah, ja, es stimmt, sie haben einen sehr gepflegten Garten. Bei Tageslicht ist die Wirkung natürlich am besten, aber man kann auch jetzt durch das Fenster etwas von der Blütenpracht erkennen.«

Meine Bemühungen, Normalität auszustrahlen, wurden zunichtegemacht, als das Essen aufgetragen wurde.

Der erste Gang war ein Tangpyeongchae, eine wohlschmeckende Mischung aus fein geschnittener Eichelsülze, Shiitake-Pilzen und Rindfleisch. Als der Ober ihr vorlegen wollte, raunte meine bis dahin stumm gebliebene Frau ihm zu: »Danke, nein.«

Obwohl sie sehr leise gesprochen hatte, brachte ihre Stimme Unruhe in die Tischgesellschaft. Alle Blicke richteten sich fragend auf sie, und meine Frau fügte nun etwas lauter hinzu: »Ich esse kein Fleisch.«

»Ach, Sie sind Vegetarierin?«, fragte der Geschäftsführer mit wohlwollender Stimme. »In anderen Ländern soll es ja ganz konsequente Vegetarier geben. Ich habe den Eindruck, dass dies auch hierzulande zunehmend Schule macht. Die Medien verteufeln den Verzehr von Fleisch momentan geradezu. Es ist also nicht verwunderlich, dass die Leute zugunsten eines langen Lebens darauf verzichten.«

»Na, ich weiß nicht, kann man Fleisch denn komplett aus seinem Speiseplan streichen?« Die Frau des Geschäftsführers lächelte.

Der Ober hatte in der Zwischenzeit den neun anderen

Gästen am Tisch serviert, wodurch der leere Teller meiner Frau umso mehr hervorstach. Die Gespräche drehten sich weiterhin um vegetarische Ernährung.

»Kürzlich hat man doch eine mumifizierte fünfhunderttausend Jahre alte Leiche entdeckt. Neben dem Körper fand man Gegenstände, die nahelegen, dass er gejagt hat. Der Verzehr von Fleisch liegt also in unseren Genen. Sich vegetarisch zu ernähren, widerspricht dem grundlegend. Das ist doch nicht natürlich.«

»Offensichtlich gibt es auch Leute, die wegen der Thesen von Yi Che-Ma, das ist der mit der Konstitutionsmedizin, auf vegetarische Ernährung umstellen. Ich selbst habe mich schon mehrfach typisieren lassen, habe aber jedes Mal ein anderes Ergebnis erhalten. Und jedes Mal habe ich meine Ernährung umgestellt, auch wenn ich nicht wirklich überzeugt davon war. Ich denke, man tut seinem Körper den größten Gefallen, wenn man sich möglichst vielseitig ernährt.«

»Genau. In der Tat zeugt es von guter Gesundheit, wenn man vielseitig essen kann, ohne wählerisch zu sein, nicht wahr? Das ist das beste Zeichen dafür, dass Körper und Geist im Einklang sind«, sagte die Frau des einen stellvertretenden Geschäftsführers, die schon seit einer Weile verstohlen auf die Brüste meiner Frau schielte. Daraufhin fragte sie meine Frau ganz direkt: »Warum haben Sie auf vegetarische Ernährung umgestellt? Machen Sie Diät? Oder aus religiösen Gründen?«

»Nein.« Meine Frau sagte dies völlig ausdruckslos, als ob sie nicht wüsste, was von ihr bei so einer Abendgesellschaft erwartet wurde. Bei der Vorstellung, was jetzt kommen würde, bekam ich eine Gänsehaut. »Ich hatte einen Traum.«

Ich fiel ihr sofort ins Wort. »Meine Frau leidet schon länger an einer Gastritis, weswegen sie kaum schlafen kann. Ein Arzt, der Traditionelle Chinesische Medizin praktiziert, hat ihr geraten, auf Fleisch zu verzichten, und seitdem geht es ihr auch schon viel besser.«

Daraufhin nickten alle in der Runde verständnisvoll.

»Ach so. Umso besser. Ich würde mich nämlich sehr unbehaglich fühlen in Gegenwart eines passionierten Vegetariers, der mir angewidert beim Fleischessen zusieht. Gott sei Dank ist mir das bisher noch nicht passiert. Ich nehme an, dass man eine große Abneigung gegen Fleisch empfindet, wenn man aus Überzeugung Vegetarier ist. Meinen Sie nicht auch?«

Jemand anders sagte: »Unter den vorwurfsvollen Augen einer solchen Frau hat man bestimmt das Gefühl, eine Bestie zu sein, wenn man genüsslich einen Oktopus-Tentakel mit seinen Stäbchen aufwickelt.«

Die Runde lachte, und ich fiel ein, war mir aber der Tatsache bewusst, dass meine Frau nicht mitlachte, dass sie die ölglänzenden Münder der anderen anstarrte, dass diese es merkten und sich unbehaglich fühlten.

Der nächste Gang bestand aus frittiertem Huhn in süßsaurer Soße. Danach gab es Thunfisch-Sashimi. Während alle am Tisch herzhaft zugriffen, saß sie völlig unbeweglich auf ihrem Stuhl. Sie beobachtete jede einzelne Lippenbewegung der Essenden, saugte sie regelrecht in sich auf. Ihre Brustwarzen hatten sich dabei aufgerichtet wie zwei Eicheln, was unter ihrer Bluse gut sichtbar war.

Von dem knappen Dutzend der opulenten Gänge aß sie nur Salat, Kimchi und Kürbissuppe. Sogar den Reistopf ließ sie aus, als sie hörte, dass zur Geschmacksverfeinerung Rinderbrühe verwendet worden war. Die anderen Gäste unterhielten sich weiter sehr angeregt, übergingen aber von nun an die Anwesenheit meiner Frau geflissentlich. Manch einer von ihnen stellte mir ab und zu noch aus Mitleid eine Frage, aber ich spürte die allgemeine Ablehnung.

Als Dessert servierte man Früchte, und meine Frau pickte sich ein Stück Apfel und einen Orangenschnitz heraus.

»Haben Sie keinen Hunger? Sie haben ja fast nichts gegessen.«

Die höflichen und warmherzigen Worte der Frau des Geschäftsführers zeugten von echter Anteilnahme. Doch meine Frau starrte die elegante Dame nur wortlos an. Ohne zu lächeln, rot zu werden oder irgendeine andere Regung zu zeigen. Dieser Blick sorgte dafür, dass die Stimmung der Tischgesellschaft endgültig verdorben war. War ihr nicht klar, wie wichtig dieses Essen für mich war? Hatte sie nicht mitbekommen, wer diese Dame war? Es war mir ein Rätsel, was in ihrem Kopf vorging, aber zumindest wusste ich jetzt, dass sie für mich eine Fallgrube ohne Boden war.

*

Ich musste etwas unternehmen. Zu diesem Schluss kam ich noch während der Heimfahrt von diesem Essen, das für mich zum Fiasko geworden war. Sie wirkte vollkommen ruhig. Ihr schien gar nicht bewusst zu sein, welchen Schaden sie angerichtet hatte. Den Kopf hatte sie an die Seitenscheibe gelehnt, vor Müdigkeit oder weil sie einfach nur geistesabwesend war. Normalerweise hätte ich ihr jetzt rasend vor Wut alle möglichen Fragen an den Kopf geworfen: »Willst du, dass ich rausgeschmissen werde? Warum zum Teufel hast du das gemacht?«

Aber ich wusste genau, dass dies überhaupt nichts bewirken würde. Ich konnte sie nicht erreichen, weder durch Zorn noch durch Vernunft. Wir waren an einem Punkt angelangt, an dem ich nicht mehr weiterwusste.

Nachdem sie sich gewaschen und ihr Nachthemd angezogen hatte, verschwand sie nicht ins Schlafzimmer. Stattdessen zog sie sich in ihr Arbeitszimmer zurück, während ich im Wohnzimmer auf und ab lief. Ich ging zum Telefon und wählte. Meine Schwiegermutter nahm in ihrem abgelegenen kleinen Dorf den Hörer ab. Es war noch nicht so spät, als dass sie schon im Bett gewesen sein konnte.

»Alles in Ordnung? Wir haben schon länger nichts mehr von euch gehört.« Ihre Stimme klang etwas verwirrt.

»Das tut mir leid. Ich war ziemlich beschäftigt. Geht es Vater gut?«

»Ach, bei uns ist alles wie immer. Und deine Arbeit, wie läuft es da?«

Ich zögerte kurz. »Ja, mir geht es gut. Aber meine Frau …«

»Yong-Hye? Was ist mit ihr?«

Ich hörte die Beunruhigung in ihrer Stimme. Immerhin ging es um ihre Tochter, auch wenn sie sich für gewöhnlich nicht besonders für ihr Kind interessierte.

»Sie isst kein Fleisch mehr.«

»Wie bitte?«

»Sie isst überhaupt kaum mehr etwas. Das geht schon seit Monaten so.«

»Was erzählst du da? Sie wird doch nicht am Ende eine dieser Diäten machen?«

»Ich habe alles versucht, um sie davon abzubringen, aber ohne Erfolg. Was für mich bedeutet, dass ich auch schon seit einer Ewigkeit kein Fleisch mehr zu Hause bekommen habe.« Meine Schwiegermutter schien fassungslos. Ich wollte ihre Sprachlosigkeit ausnutzen und schnell zum Kern des Problems kommen. »Du kannst dir nicht vorstellen, wie schwach sie ist.«

»Auch das noch! Ist sie da? Gib sie mir!«

»Sie hat sich schon hingelegt. Ich werde ihr sagen, dass sie dich morgen früh anrufen soll.«

»Nein, ist schon gut. Ich werde sie anrufen. Was ist nur in sie gefahren? Du tust mir wirklich leid.«

Im Anschluss an dieses Gespräch wählte ich die Nummer meiner Schwägerin. Ihr vierjähriger Sohn Ziu brüllte ins Telefon: »Hallo, hallo!«

»Gib mir bitte deine Mutter.«

Meine Schwägerin ähnelte ihrer Schwester, war aber mit ihren Rehaugen hübscher und insgesamt weiblicher: »Ja, hallo?«

Jedes Mal, wenn ich mit ihr telefonierte, spürte ich eine leichte Erregung beim Klang ihrer näselnden Stimme. Ich sagte ihr, was ich schon meiner Schwiegermutter mitgeteilt hatte, und erhielt die gleiche Reaktion. Verblüffung, Mitleid und das Versprechen anzurufen. Ich wollte es daraufhin noch bei dem jüngeren Bruder meiner Frau versuchen, aber das wäre zu viel des Guten, entschied ich.

*

Wieder hatte ich einen Traum.

Diesmal beging jemand einen Mord. Ein anderer versuchte, die Spuren dieses Verbrechens zu beseitigen, aber dann wachte ich auf und konnte mich nicht mehr an den Rest erinnern. War ich der Mörder oder das Opfer? Wenn ich der Mörder war, wer war dann das Opfer? Du vielleicht? Auf jeden Fall jemand, der mir nahestand. Oder warst du es, der mich ermordete? Wer versuchte alles zu vertuschen? Nein, ich war es nicht, und du warst es bestimmt auch nicht … Das Mordinstrument war eine Schaufel, da bin ich mir sicher. Der Schädel des Opfers war mit einer großen Schaufel gespalten worden. Das dumpfe Geräusch, der Aufschrei, als das

Metall auf den Knochen traf … Den Schatten, der in der Dunkelheit zu Boden fiel, habe ich deutlich vor Augen.

Es blieb nicht bei dem einen Mal. Ich träumte öfter davon. So wie man sich in betrunkenem Zustand an frühere Begebenheiten im Rausch erinnert, erfuhr ich weitere Details meines Traumes, indem ich ihn wieder und wieder träumte. Unzählige Male wurde jemand von einem anderen getötet. Weit weg, nicht greifbar … und doch erinnere ich mich jetzt mit erschreckender Klarheit.

Du kannst das nicht verstehen. Ich hatte schon immer Angst, wenn ich jemanden mit einem Messer etwas schneiden sah. Selbst bei meiner Mutter oder meiner Schwester. Ich konnte mir nie erklären, warum. Es widerte mich an und war unerträglich für mich. Trotzdem war ich demjenigen gegenüber immer freundlich. Damit möchte ich nicht sagen, dass meine Schwester oder meine Mutter Täter oder Opfer waren. Aber der Eindruck, den Schrecken, Schmutz, Abscheulichkeit und Grausamkeit hinterlassen hatten, blieb. Ebenso der Eindruck, mit eigenen Händen jemanden umgebracht zu haben oder getötet worden zu sein. Nur eigenes Erleben kann so ein dauerhaftes, widerliches Gefühl hervorrufen … Lauwarm wie Blut vor dem Erkalten.

Woher kommt es? Alles erscheint mir so fremd. Ich fühle mich wie die andere Seite ein und derselben Sache. Hinter einer Tür ohne Klinke. Oder wird mir erst jetzt bewusst, dass ich dort schon immer war? Es ist dunkel. Alles ist in Unordnung inmitten dieser Dunkelheit.

*

Meine Hoffnungen wurden enttäuscht. Selbst die von zwei Seiten unternommenen Versuche, meine Frau zur Vernunft zu bringen, hatten keinerlei Einfluss auf ihr Essverhalten. Meine Schwiegermutter rief mich jedes Wochenende an: »Isst sie immer noch kein Fleisch?«

Selbst ihr Mann, der uns noch nie angerufen hatte, war plötzlich am Telefon, um seiner Tochter ins Gewissen zu reden. Ich hörte ihn brüllen: »Was fällt dir eigentlich ein? Solange es nur dich selbst betrifft, kannst du machen, was du willst. Aber hast du auch nur eine Sekunde an deinen Mann gedacht? Er braucht alle Kraft für seine Arbeit!«

Sie aber hörte nur zu und gab keinen Ton von sich.

»Warum sagst du nichts? Hast du mich verstanden?«

Sie legte den Hörer auf den Tisch, ging in die Küche, um die Suppe vom Herd zu nehmen, bevor diese überkochte, und blieb dort. Ich hatte Mitleid mit ihrem Vater, der immer noch am anderen Ende der Leitung tobte, und nahm den Hörer auf.

»Ich bitte um Verzeihung, Schwiegervater.«

»Nein, ich muss mich entschuldigen.«

Ich war erstaunt, aus dem Mund dieses zutiefst patriarchalischen Mannes eine Entschuldigung zu hören. Die erste übrigens in den ganzen fünf Jahren meiner Ehe. Anteilnahme war nicht gerade eine Stärke meines Schwiegervaters, dessen größter Stolz der Orden war, den er für seine Verdienste im Vietnamkrieg erhalten hatte, über die er gern laut und selbstgefällig sprach. Ich durfte mir schon ein paar Mal seine Selbstbeweihräucherung anhören, die meist so begann: »In Vietnam habe ich sieben Vietcongs erledigt …« Von meiner Frau wusste ich außerdem, dass er sie, bis sie achtzehn war, immer wieder mit dem Rohrstock geschlagen hatte.

»Nächsten Monat kommen wir nach Seoul, dann werde ich von Angesicht zu Angesicht mit ihr sprechen.«

Im Juni hatte meine Schwiegermutter Geburtstag. Da sie weit weg von der Hauptstadt wohnte, schickten ihre

Kinder die Geschenke in der Regel mit der Post und gratulierten ihr über das Telefon. In diesem Jahr aber zog meine Schwägerin Anfang Mai in eine größere Wohnung. Mein Schwiegervater hatte daraufhin beschlossen, mit seiner Frau nach Seoul zu kommen und ihren Geburtstag mit einem Besuch bei der Tochter zu verbinden. Als Datum für das große Familientreffen war der zweite Sonntag im Juni festgelegt worden. Obwohl es niemand so offen aussprach wie mein Schwiegervater, schienen alle die Gelegenheit nutzen zu wollen, meiner Frau ins Gewissen zu reden.

Ich fragte mich, ob sie wusste, was sie erwartete. Sie verhielt sich jedenfalls wie immer, als wäre alles in bester Ordnung. Nach außen hin waren wir ein ganz normales Ehepaar. Es gab zwar den einen oder anderen Kollegen, der mich nach jenem unheilvollen Abendessen mit deutlicher Zurückhaltung behandelte, aber das renkte sich ein, da ich gerade ein Projekt äußerst erfolgreich zum Abschluss brachte. Es war jedoch augenfällig, dass meine Frau immer mehr abnahm. Wenn ich mich morgens aufrichtete, nachdem ich den Wecker ausgestellt hatte, lag sie wie eine Wachsfigur neben mir, den Blick starr auf die Decke gerichtet. Sie ging jeder Berührung meinerseits aus dem Weg und behielt im Bett sogar die Jeans an.

Ich schaffte es fast, mir einzureden, dass ich so weiterleben und mich an meine etwas sonderliche Frau gewöhnen könnte. Ich bräuchte sie nur als Fremde, Schwester oder Haushälterin zu betrachten, die mir Essen kochte und für mich putzte. Aber ich war ja noch jung und an ein erfülltes Eheleben gewöhnt, auch wenn meine Frau noch nie die Leidenschaftlichste gewesen war, und diese Enthaltsamkeit war unerträglich. An manchen Abenden, wenn ich nach einem Abendessen mit Kollegen stark alkoholisiert nach Hause kam, nahm ich sie einfach. Ich packte sie und zog ihr die Hose aus. Dabei musste ich ihre Arme gewaltsam festhalten, da sie um sich schlug, was mich unglaublich erregte. Sie leistete überraschend heftig Widerstand, während ich sie mit vulgären Ausdrücken beschimpfte. Nur in einem von dreien solcher Fälle gelang es mir, in sie einzudringen. Währenddessen lag sie apathisch da und starrte an die Decke wie eine der Trostfrauen, die man gewaltsam in die Kriegsbordelle geholt hatte. Sobald ich fertig war, rollte sie sich auf die Seite und vergrub ihren Kopf in der Bettdecke. Nachdem ich geduscht hatte, fand ich sie, als wäre nichts passiert, angezogen und mit geschlossenen Augen im Bett liegend vor.

Ab dem zweiten Mal hatte ich immer ein eigenartiges, ungutes Gefühl dabei. Ich bin von Natur aus nicht leicht aus der Ruhe zu bringen und gebe auch nichts auf mein Bauchgefühl, aber die Dunkelheit und die Stille, die im Raum herrschten, ließen mich erschauern. Wenn ich sie dann am darauffolgenden Morgen am Tisch sitzen sah, mit aufeinandergepressten Lippen und taub für alles um sie herum, konnte ich kaum verbergen, wie sehr sie mich abstieß. Der Ausdruck auf ihrem Gesicht war der einer Frau, die harte Zeiten durchgemacht hatte. Das fand ich gleichzeitig erschreckend und niederdrückend.

Das Familientreffen sollte drei Tage später stattfinden. Wegen der großen Hitze liefen die Klimaanlagen in jedem Wohnhaus und in jedem Geschäftsgebäude auf Hochtouren. Ich kam nach einem langen Tag im Büro ganz durchgefroren nach Hause. Beim Eintreten sah ich Yong-Hye und beeilte mich, die Tür hinter mir zu schließen. Die Wohnung ging von einem gemeinschaftlich genutzten Gang ab, und ich wollte nicht, dass jemand meine Frau im Vorbeigehen sah. Sie saß an den Fernsehtisch gelehnt da, schälte Kartoffeln und trug als einziges Kleidungsstück eine graue Baumwollhose. Sie war mittlerweile so abgemagert, dass ihre Brüste nur noch zwei kleine Beulen unterhalb ihrer hervorstehenden Schlüsselbeinknochen waren.

»Warum bist du nur halb angezogen?« Ich zwang mich zu lächeln.

Mit gesenktem Kopf fuhr sie mit dem Schälen fort. »Mir war heiß.«

»Schau mich an«, murmelte ich unhörbar hinter zusammengebissenen Zähnen. »Sag mir, dass das nur ein Scherz war.«

Aber sie lächelte nicht. Es war acht Uhr abends, und die Balkontür stand offen. Es war also nicht übermäßig warm in der Wohnung. Außerdem hatte sie auf den Schultern eine Gänsehaut. Auf einer Zeitung lag inmitten der Kartoffelschalen ein Haufen mit gut dreißig Kartoffeln.

»Was hast du damit vor?« Ich versuchte ruhig zu bleiben.

»Ich werde sie in Dampf garen.«

»Alle?«

»Ja.«

Ich lachte in der Hoffnung, sie würde mit einstimmen. Aber nichts geschah. Sie blickte mich nicht einmal an.

»Ich habe großen Hunger.«

*

Wenn ich in meinem Traum jemandem den Hals durchtrenne, ihn dabei an den Haaren packe und den wackligen Kopf immer weiter abschneide, wenn ich ihm die glitschigen Augäpfel herausnehme und auf meine Handfläche lege, wenn ich nach dem Aufwachen den Drang habe, eine Taube zu töten, die auf dem Fenstersims herumspaziert, oder die Katze aus der Nachbarschaft zu erwürgen, die ich schon so lange kenne, wenn meine Knie zittern und mir der Schweiß ausbricht, wenn ich das Gefühl habe, zu einer anderen Person geworden zu sein, die mich von innen heraus verschlingt, in diesen Augenblicken …

Mein Mund ist voll Speichel. Wenn ich an einer Metzgerei vorbeigehe, muss ich mir die Hand vor den Mund halten. Wegen des Geifers, der vom Zungenboden aus ansteigt, meine Lippen benetzt und aus den Mundwinkeln rinnt.

*

Wenn ich doch nur schlafen könnte! Wenn ich wenigstens für eine lächerliche Stunde das Bewusstsein komplett verlieren würde. In der Nacht bin ich rastlos. Ich stehe auf, laufe in der abgekühlten Wohnung herum und lege mich wieder hin. Auf der anderen Seite des Fensters ist es dunkel. Die Wohnungstür vibriert hin und wieder, ohne dass jemand klopft. Ich kehre wieder ins Bett zurück und stecke die Hände unter die Bettdecke. Das Laken ist ganz kalt.

*

Fünf Minuten, länger kann ich nicht schlafen. Dann ist er wieder da, der Traum. Wenn man ihn denn so nennen kann. In meinem Kopf ist ein Kaleidoskop von wirren Szenen. Die glühenden Augen einer Bestie, Blut, ein offener Schädel, wieder die Augen eines Raubtieres. Der Ausgangspunkt für das alles scheint mein Bauch zu sein. Wenn ich zitternd aufwache, überprüfe ich schnell, ob meine Nägel noch kurz und meine Zähne keine Fangzähne sind.

Das Einzige, das ich nie infrage stelle, ist mein Busen. Ich mag meine Brüste. Sie sind absolut unschuldig. Hände, Füße, Zähne, Zunge und sogar der Blick können Waffen sein, die verletzen oder gar töten. Nicht so die Brüste. Solange ich sie habe, ist alles gut. Zumindest im Moment. Aber ich weiß nicht, warum sie immer kleiner werden. Sie sind noch nicht einmal mehr rund. Warum? Warum nehmen sie so ab? Werde ich damit jemanden stechen, wenn sie immer spitzer werden?

*

Die Wohnung lag im siebzehnten Stock und war mit ihrer Südausrichtung sehr hell und sonnig. Die Aussicht war zwar durch ein anderes Gebäude verstellt, aber aus den rückwärtigen Fenstern hatte man einen schönen Blick auf die Berge in der Ferne.

»Um eure Zukunft mache ich mir keine Sorgen. Ihr habt es hier sehr gut getroffen.« Mein Schwiegervater griff zum Löffel.

Meine Schwägerin hatte schon vor ihrer Heirat ein Kosmetikgeschäft besessen, das sie inzwischen dreimal vergrößert hatte. Vom Gewinn, den der Laden abwarf, hatten sie sich die Wohnung gekauft. Nach der Entbindung kümmerten sich ihre Mitarbeiter um das Geschäft, und sie sah nur für ein paar Stunden am Abend nach dem Rechten, aber wie sie uns mitteilte, hatte sie inzwischen für ihren dreijährigen Sohn einen Platz in einer Kindertagesstätte gefunden und konnte wieder ganztags arbeiten.

Ich beneidete ihren Mann. Er nannte sich Künstler, hatte sogar einen akademischen Grad, aber er konnte kein regelmäßiges Einkommen zum Lebensunterhalt der Familie beisteuern. Die Erbschaft, die er gemacht hatte, war nicht groß genug, um nicht mehr arbeiten zu müssen. Dank seiner Frau und ihrer Tatkraft konnte er trotzdem ein sorgenfreies Leben führen und sich ganz seiner Kunst widmen. Darüber hinaus kochte sie hervorragend, so wie meine

Frau früher einmal. Das Festmahl, das sie auftischte, ließ mir das Wasser im Mund zusammenlaufen. Angesichts ihres wohlgeformten Körpers, ihrer verbindlichen Art und ihrer großen Augen mit der europäischen Lidfalte wuchs in mir das Bedauern darüber, was ich nicht haben konnte.

Meine Frau machte nicht eine einzige liebenswürdige Bemerkung über die Wohnung oder das Essen. Reis und Kimchi waren alles, was sie aß. Die Auswahl für sie war allerdings beschränkt. Da sie auch Mayonnaise ablehnte, wegen der Eier darin, rührte sie den Salat nicht an, der ganz besonders köstlich aussah.

Der permanente Schlafmangel hatte ihr Gesicht in eine Maske verwandelt. Ein Fremder würde sie für todkrank halten. Ihren Gewohnheiten treu bleibend, trug sie nichts unter ihrem weißen T-Shirt, was den Blick sofort auf die dunkel durchscheinenden Brustwarzen lenkte. Kaum dass wir in die Wohnung gekommen waren, hatte meine Schwägerin sie ins Schlafzimmer gezogen. Ihrem betretenen Gesichtsausdruck beim Verlassen des Zimmers nach zu urteilen, muss meine Frau ihr eine Absage erteilt haben, falls diese ihr einen BH angeboten hatte.

»Wie viel habt ihr denn für die Wohnung bezahlt?«

»Ja also, gestern habe ich auf der Immobilienseite nachgeschaut, die Wohnung hat scheinbar schon eine Wertsteigerung von 50 Millionen Won erfahren. Und die Arbeiten an der neuen U-Bahn-Linie werden wohl nächstes Jahr abgeschlossen sein.«

»Guter Schachzug, Schwager.«

»Das ist nicht mein Verdienst. Meine Frau hat das arrangiert.«

Während wir uns über alles Mögliche unterhielten, schlugen sich die Kinder kichernd und zankend die Bäuche voll.

Ich fragte meine Schwägerin: »Hast du das ganze Essen selbst gemacht?«

Sie sah mich verlegen an. »Vorgestern habe ich damit angefangen und alles nach und nach vorbereitet. Die Austern habe ich speziell für Yong-Hye gewürzt, so wie sie es mag … Aber sie hat sie noch nicht einmal angerührt.«

Ich hielt die Luft an. Jetzt war es so weit.

»Yong-Hye, da hört sich doch alles auf! Ich dachte, ich hätte mich klar ausgedrückt!«, rief mein Schwiegervater.

Meine Schwägerin sah ihre Schwester besorgt an. »Was willst du eigentlich erreichen? Jeder muss doch genügend essen … Wenn du dich vegetarisch ernähren willst, dann musst du auf Ausgewogenheit achten. Hast du dich in letzter Zeit mal im Spiegel betrachtet?«

»Ich habe dich nicht wiedererkannt. Obwohl ich gehört habe, was los ist, bin ich überrascht, wie sehr dein Vegetarismus deiner Gesundheit zusetzt …«, sagte die Frau des Bruders meiner Frau.

Meine Schwiegermutter hielt ihrer Tochter einen Teller mit süßsaurem Schweinefleisch, gedämpftem Hühnchen und Tintenfischnudeln unter die Nase. »Hör mit der vegetarischen Ernährung auf, oder wie auch immer du das nennst! Iss das jetzt. Und zwar schnell! Heutzutage verhungert man nicht mehr.«

»Auf was wartest du? Los, iss jetzt!« Die Stimme meines Schwiegervaters wurde immer lauter.

In sehr viel ruhigerem Ton versuchte es meine Schwägerin: »Iss bitte, Yong-Hye! Das wird dir Kraft geben. Man braucht Kraft für das Leben. Mönche können auf Fleisch verzichten, weil sie an ein asketisches Leben gewöhnt sind, weit weg von der übrigen Welt.«

Die Kinder starrten meine Frau mit aufgerissenen Augen an und fragten sich wohl, was der Grund für die ganze

Aufregung war. Yong-Hye jedoch ließ ihren Blick nur ausdruckslos von einem zum anderen wandern.

Es herrschte gespanntes Schweigen. Ich betrachtete nacheinander das sonnengegerbte Gesicht meines Schwiegervaters, die wohlmeinenden Augen meiner Schwiegermutter – angesichts ihrer Falten konnte man kaum glauben, dass sie einmal jung gewesen war –, die gerunzelte Stirn unserer Gastgeberin, ihren Mann, der sich offenbar in der Rolle des Zuschauers gefiel, den Bruder meiner Frau und dessen bessere Hälfte, die verdrossen dreinschauten, obwohl sie sich nur im Hintergrund hielten. Ich dachte, meine Frau würde als Antwort darauf irgendetwas sagen, aber sie legte nur wortlos ihren Löffel hin.

Das brachte Bewegung in die Tischrunde. Meine Schwiegermutter nahm mit ihren Stäbchen ein Stück Schweinefleisch und führte es zum Mund ihrer Tochter. »Sag Aaah! Iss jetzt!«

Mit zusammengepressten Lippen schaute Yong-Hye ihre Mutter entgeistert an.

»Mach deinen Mund auf! Du willst nicht? Gut, dann nehmen wir etwas anderes.« Dieses Mal hielt sie ihr gebratenes Rindfleisch hin. Danach probierte sie es mit Austern. »Die hast du doch schon als kleines Mädchen so gern gemocht. Einmal hast du so viel davon gegessen, bis dir schlecht wurde.«

»Da erinnere ich mich auch noch gut daran. Seitdem muss ich immer an Yong-Hye denken, wenn ich Austern sehe«, bekräftigte ihre Schwester, um hervorzuheben, dass es einen doppelten Grund gäbe, die Austern zu essen.

Je näher die Stäbchen Yong-Hyes Mund kamen, desto mehr wich sie zurück.

»Iss jetzt! Mir tut langsam der Arm weh.«

Tatsächlich zitterten die Stäbchen schon bedenklich.

Meine Frau machte dem Ganzen ein Ende, indem sie aufstand. »Ich werde davon nicht essen«, sagte sie klar und deutlich.

»Was?«, riefen ihr Vater und ihr Bruder gleichzeitig. Letzterer hatte das hitzige Temperament seines Vaters geerbt, aber er wurde von seiner Frau gebremst, die ihn am Arm festhielt.

»Mir platzt jetzt wirklich der Kragen! Ich schaue da nicht länger zu! Du machst dich über mich lustig, über mich, deinen Vater? Ich habe dir gesagt, du sollst essen, also wirst du jetzt essen!«

Ich erwartete, dass sie irgendetwas darauf erwidern würde, so etwas wie: »Entschuldige, Vater, aber ich bringe es einfach nicht über mich.«

»Ich esse keine tierischen Produkte«, antwortete sie stattdessen ganz nüchtern und ohne den geringsten Anflug von Schuldbewusstsein.

Sichtbar enttäuscht ließ ihre Mutter die Hand fallen. Der alten Dame entglitten die Gesichtszüge, und sie schien den Tränen nahe. Es war bedrohlich still. Mein Schwiegervater packte seine Stäbchen, nahm ein Stück Schweinefleisch, stand auf, umrundete den Tisch und baute sich vor seiner Tochter auf.

Er hatte einen stämmigen Körper, gestärkt von lebenslanger harter Arbeit, doch das Alter hatte ihn gebeugt. Er hielt Yong-Hye das Fleisch vor das Gesicht. »Iss! Gehorche deinem Vater und iss! Ich sage dir das in deinem eigenen Interesse. Du wirst sonst ernsthaft krank.«

Diese Demonstration väterlicher Liebe bewegte mich ungemein, und ich spürte ein Brennen in meinen Augen. Den anderen schien es genauso zu gehen. Meine Frau schlug die Stäbchen weg, die daraufhin einen Moment leer vor ihrem Gesicht verharrten.

»Vater, ich esse kein Fleisch.«

In diesem Moment fuhr blitzschnell die kräftige Hand des Mannes durch die Luft, und Yong-Hye hielt sich ihre Backe.

»Vater!«, rief meine Schwägerin und fiel dem alten Mann in den Arm. Dessen Lippen zitterten vor Wut.

Es war das erste Mal, dass ich Zeuge einer Tätlichkeit seinerseits wurde, obwohl ich wusste, was er für ein aufbrausender Charakter zu Yong-Hyes Jugendzeit gewesen war.

»Chong! Du auch, Yong-Ho! Kommt alle beide hierher!«

Zögernd ging ich auf ihn zu. Er hatte so fest zugeschlagen, dass einige Äderchen auf Yong-Hyes hochroter Wange geplatzt waren. Sie schnaufte, als ob sie endlich aus ihrer Starre erwachen würde.

»Ihr zwei, haltet ihre Arme fest!«

»Wie bitte?«

»Wenn sie einen Happen davon isst, dann wird sie auch wieder auf den Geschmack kommen. Wer verzichtet denn heutzutage auf Fleisch?«

Sein Sohn stand sichtbar unwillig auf. »Also los, Schwester! Das ist doch nicht schwer. Du sagst einfach ja, versuchst, etwas zu essen, und hörst auf, unseren Vater zu reizen. Musst du dich ihm gegenüber so verhalten?«

»Was redest du denn da? Los, pack jetzt zu! Du auch, Chong!«, rief mein Schwiegervater dazwischen.

»Vater, was ist denn in dich gefahren?« Seine ältere Tochter versuchte, seine rechte Hand zurückzuhalten, doch er warf einfach die Stäbchen weg, griff mit den Fingern nach einem Fleischstück und ging auf seine Tochter zu. Diese wich taumelnd zurück, aber Yong-Ho setzte sie wieder gewaltsam auf ihren Stuhl. »Schwester! Ich bitte dich, jetzt iss! Nimm das und kau!«

»Vater, hör doch bitte auf«, bettelte meine Schwägerin.

Yong-Ho war stark genug, um meine Frau festzuhalten. Seine Schwester hatte also keine Möglichkeit, ihren Vater abzuwehren, der sie gegen die Lehne drückte und das Fleisch ihren zusammengepressten Lippen näherte. Sie konnte nicht dagegen protestieren, ohne den Mund öffnen zu müssen.

»Vater!«, rief nun auch Yong-Ho, in der Hoffnung, ihn aufzuhalten, ohne jedoch selbst seinen Griff zu lockern.

»Grrm … mmm!« Meine Frau versuchte verzweifelt, den alten Mann abzuwehren, der Essen in ihren Mund drücken wollte. Er hatte inzwischen die Lippen überwunden, nicht aber die fest zusammengebissenen Zähne.

Vor Wut schäumend, gab er ihr wieder eine Ohrfeige.

»Vater!« Seine ältere Tochter stürzte vor und umklammerte ihn, aber er hatte schon den Moment genutzt, als der Mund halb geöffnet war, und etwas Fleisch hineingestopft. Als Yong-Ho sie losließ, spuckte es meine Frau, hochrot im Gesicht, wieder aus.

Sie stieß einen bestialischen Schrei aus. »Geht alle weg!« Zuerst schien sie durch die Wohnungstür flüchten zu wollen, dann kehrte sie aber zum Tisch zurück und griff nach einem Obstmesser.

»Yo… Yong-Hye!«, durchbrach die brüchige und gequälte Stimme meiner Schwiegermutter die darauf folgende eisige Stille. In diesem Moment fingen die Kinder an zu schluchzen.

Nachdem sie jedem von uns, die wir sie alle anstarrten, der Reihe nach in die Augen geschaut hatte, hob sie das Messer.

»Halt ein!«

»Geht weg!«

Einen Augenblick später spritzte Blut aus ihrem Handgelenk und ging wie ein Regenschauer auf einem weißen

Teller nieder. Der Mann meiner Schwägerin, der sich bisher nicht in die Auseinandersetzung eingemischt hatte, nahm ihr das Messer aus der Hand, während sie auf die Knie fiel. »Worauf wartet ihr? Gebt mir ein Tuch!« Dank seiner Erfahrung vom Militär stillte er schnell die Blutung, nahm sie huckepack und drehte sich zu mir um. »Hol schnell dein Auto!«

Ich suchte meine Schuhe und griff mir zweimal die falschen, bis ich sie schließlich fand.

*

Der Hund, der mich ins Bein gebissen hat, ist am Motorrad meines Vaters festgebunden. Unter dem Verband hat man auf meine Wunde verbrannte Haare vom Hundeschwanz gelegt. Ich bin neun Jahre alt und stehe vor dem Tor. Es ist sehr heiß an diesem Tag. Der Schweiß rinnt einem in Strömen herunter, selbst wenn man sich nicht bewegt. Die rote Zunge des Hundes hängt ihm aus dem Maul. Er hechelt. Es ist ein schöner Hund namens Weiß, etwas größer als ich. Alle Welt hat seine Intelligenz bewundert, bis zu dem Tag, als er die Tochter seines Herrn gebissen hat.

Mein Vater hat mir mitgeteilt, dass er ihn nicht zur Strafe über einem Feuer an einem Baum hängend zu Tode prügeln will. Er hat gehört, dass ein zu Tode gehetzter Hund ein zartes Fleisch geben soll. Also startet er sein Motorrad, fährt los und zerrt den Hund hinter sich her. Er fährt zweimal, dreimal um das Viertel, immer den gleichen Weg. Ich stehe bewegungslos vor dem Tor und sehe zu, wie Weiß immer wieder vorbeikommt, hechelnd, mit herausquellenden Augen und zunehmend erschöpft. Jedes Mal, wenn unsere Blicke sich kreuzen, reiße ich die Augen noch ein Stück weiter auf.

Du hast mich gebissen, du dreckiger Hund!

Bei der fünften Runde hat er Schaum vor dem Mund. Von seinem Hals, dort, wo die Leine befestigt ist, tropft das Blut herunter. Er rennt, fällt zurück, stöhnt vor Schmerz. Beim sechsten Mal spuckt er schwärzliches Blut, das dann an seinem Hals herunterrinnt. Ich betrachte das schäumende Blut und die glänzenden Augen. Nach dem siebten Rundlauf warte ich auf sein Wiedererscheinen. Dann sehe ich ihn, wie er hinter dem Motorrad hängt. Ich betrachte ihn genau … Seine Beine zucken vor Krämpfen, seine aufgerissenen Augen sind blutunterlaufen.

An diesem Abend feiern wir ein Fest. Alle Männer vom Markt sind gekommen, ich kenne jeden einzelnen von ihnen. Nur weil man mir sagt, es würde meine Wunde schneller heilen lassen, esse ich einen Löffel voll. Nein, in Wahrheit leere ich eine ganze Schale von der Suppe, mit Reis. Der Geruch des Fleisches, den das Sesamöl nicht ganz überdecken kann, prickelt mir in der Nase. Aus der Brühe starren mich die blutunterlaufenen Augen des rennenden, schaumtriefenden Hundes an. Aber das stört mich nicht. Überhaupt nicht.

*

Wir fuhren los, um meine Frau in die nächste Notaufnahme zu bringen. Die verstörten Kinder überließen wir der Obhut der Frauen und meine bewusstlose Schwiegermutter der ihres Sohnes. Erst als Yong-Hye nach der Erstversorgung in ein Doppelzimmer verlegt worden war, bemerkten wir, dass unsere Hemden blutverschmiert waren.

Unter dem Einfluss der Schmerzmittel schlief sie. Mein Schwager und ich betrachteten wortlos ihr Gesicht, als könnten wir darin eine Erklärung finden, wenn wir sie nur lang genug ansahen.

»Du kannst ruhig gehen«, sagte ich zu meinem Schwager.

»Gut.«

Er schien noch etwas sagen zu wollen, tat es aber nicht. Ich kramte in meiner Tasche nach Geld und gab ihm zwei Zehntausend-Won-Scheine. »So kannst du nicht zurück. Kauf dir ein Hemd.«

»Und du? Weißt du was, meine Frau kann dir ja später was zum Wechseln mitbringen, wenn sie Yong-Hye besuchen kommt.«

Meine Schwägerin kam gegen Abend, in Begleitung ihres Bruders und dessen Frau. Sie erzählte, dass ihr Vater sich nun ausruhte, nachdem er sich endlich beruhigt hatte. Yong-Ho berichtete außerdem, dass seine Mutter unbedingt hätte kommen wollen, aber dass sie ihr das ausgeredet hatten.

»Wie schrecklich. Vor den Kindern«, jammerte seine Frau. Sie hatte offenbar geweint, ihre Augen waren geschwollen und ihr Make-up war verschmiert. »Schwiegervater ist zu weit gegangen. Und nicht nur er. Seine Tochter vor den Augen ihres Ehemannes zu schlagen. War er eigentlich schon immer so?«

»Er ist ein jähzorniger Mann … Du brauchst dir nur deinen Mann anzuschauen. Aber Vater ist mit dem Alter ruhiger geworden«, antwortete seine ältere Schwester an Stelle ihres Bruders.

»Was habe ich damit zu tun?« Empört sah ihr Bruder sie an.

»Er muss geschockt gewesen sein. So wie sich Yong-Hye ihm gegenüber benommen hat. Sie, die normalerweise so gehorsam ist.«

»Es ist nicht richtig, jemanden zum Fleischessen zu zwingen, aber ebenso wenig ist es richtig, sich gegen seinen Vater aufzulehnen. Und dann noch eins draufzusetzen, mit einem Messer! So etwas habe ich in meinem ganzen Leben noch nicht erlebt. Wie soll ich ihr jemals wieder unbefangen gegenübertreten?«

Ich ließ meine Frau in der Obhut ihrer Schwester, nahm das Hemd, das diese mir mitgebracht hatte, und ging in eine nahe gelegene Sauna. Unter den argwöhnischen Blicken der anderen Besucher war das getrocknete Blut unter der warmen Dusche schnell abgewaschen. Mir war übel. Die ganze Sache ging mir ziemlich an die Nieren. Es war wie ein böser Traum. Wenn ich an meine Frau dachte, empfand ich nicht so sehr Ratlosigkeit oder Entrüstung, sondern vor allem Abscheu.

Als meine Schwägerin gegangen war, blieb ich allein bei Yong-Hye am Bett sitzen. Ihre Zimmernachbarin war eine Schülerin, die an einem Darmdurchbruch litt. Sie hatte Besuch von ihren Eltern, und ich war mir sehr wohl bewusst, dass die drei verstohlen zu uns herübersahen und über uns tuschelten. Der lange Sonntag würde bald zu Ende sein und der Montag kommen. Dann würde meine Schwägerin übernehmen, und ich würde nicht länger den Anblick meiner Frau ertragen müssen. Aber am Tag darauf sollte Yong-Hye entlassen werden, was bedeutete, dass ich wieder mit dieser seltsamen und angsteinflößenden Frau zu Hause sein würde. Allein die Vorstellung war schon schlimm genug.

Am kommenden Abend traf ich trotzdem gegen neun Uhr im Krankenhaus ein.

»Bist du nicht müde?«

»Und Ziu?«

»Sein Vater ist daheim und kümmert sich um ihn.«

Wenn es irgendeinen Kollegentreff gegeben hätte, wäre ich sicher nicht um diese Uhrzeit ins Krankenhaus gegangen. Aber es war Montagabend, und ich hatte nichts vor. Das Großprojekt, für das ich in letzter Zeit bis spät in die Nacht gearbeitet hatte, war abgeschlossen.

»Wie geht's ihr?«

»Sie hat geschlafen. Sie hat geschwiegen. Sie hat gegessen … Das wird schon wieder werden.«

Ihre ruhige Art zu sprechen, die mir immer schon gefallen hatte, tat meinen überstrapazierten Nerven gut. Kurz nachdem sie gegangen war, ich hatte gerade meinen Krawattenknoten gelockert, um mir etwas Wasser ins Gesicht zu spritzen, klopfte es an der Tür.

Zu meiner Überraschung war es meine Schwiegermutter.

»Es tut mir wirklich unglaublich leid …« Das waren ihre ersten Worte.

»Aber du kannst doch nichts dafür. Wie geht es dir?«

Sie seufzte tief. »Was für ein Unglück. Und das in unserem Alter.« Sie reichte mir eine Papiertüte.

»Was ist das?«

»Das habe ich extra mitgebracht. Ich dachte, sie muss doch ganz schwach sein, wenn sie schon mehrere Monate kein Fleisch mehr gegessen hat … Das ist für euch zwei. Da ist unter anderem schwarzes Ziegenfleisch drin, aber In-Hye weiß nichts davon, sonst hätte sie mich sicher davon abgehalten, es mitzunehmen. Sag Yong-Hye einfach, es sei ein altes Hausmittel, und lass sie davon trinken. Es enthält auch eine ganze Menge Heilpflanzen, und außerdem riecht es ganz angenehm. Sie schaut doch sowieso schon aus wie ein Skelett, und jetzt hat sie auch noch so viel Blut verloren …« Ihre unbeirrbare mütterliche Fürsorge behagte mir nicht. »Gibt es hier keine Mikrowelle? Ich werde sofort die Schwester danach fragen.« Sie verließ das Zimmer mit einem Tetra-Pak aus ihrer Papiertüte.

Mein Puls, der sich dank meiner Schwägerin etwas beruhigt hatte, fing wieder an zu rasen. Ich drehte meine Krawatte nervös zwischen den Fingern hin und her. Meine Frau wachte auf. Ich hatte mir vorher schon überlegt, dass es wohl besser wäre, in diesem Moment nicht mit ihr allein zu sein. Daher war ich erleichtert, meine Schwiegermutter wiederkommen zu sehen.

Mich völlig ignorierend, obwohl ich am Fußende des Bettes saß, blickte Yong-Hye zuerst sie an. Der alten Dame war anzusehen, dass sie erleichtert über das Erwachen ihrer Tochter war. Deren Gesichtsausdruck wiederum war nicht zu deuten. Zumindest sah sie nicht mehr so ausgemergelt aus. Entweder weil sie wegen des Betäubungsmittels über einen Tag lang geschlafen hatte oder weil ihr Gesicht etwas geschwollen war.

Meine Schwiegermutter hielt in der einen Hand einen Becher mit ihrem dampfenden Ziegenelixier, mit der anderen ergriff sie Yong-Hyes Arm. »Ach, mein Kind …« Tränen standen ihr in den Augen. »Trink das! Sieh nur, wie du aussiehst.« Ohne zu murren, nahm meine Frau den Becher. »Das ist ein traditionelles Heilmittel. Ich habe es extra für dich zubereiten lassen. Du hast schon einmal eine Kur damit gemacht, vor deiner Hochzeit.«

Meine Frau beugte sich über den Aufguss, dann schüttelte sie den Kopf. »Das ist kein Heilmittel.« Sie gab ihrer Mutter den Becher zurück. Ihr Gesicht wirkte dabei ruhig, aber traurig, und in ihren Augen war Mitleid zu lesen.

»Aber natürlich! Halt dir die Nase zu und trink!«

»Nein.«

»Doch. Ich bin's doch, deine Mutter, und ich bitte dich darum. Du würdest wohl nicht einmal den Toten ihren letzten Willen erfüllen!« Erneut führte ihr meine Schwiegermutter den Becher zum Mund.

»Das ist wirklich ein Medikament?«

»Aber ja!«

Nach kurzem Zögern senkte meine Frau den Kopf und trank einen Schluck des schwärzlichen Getränks. Strahlend ermutigte ihre Mutter sie. »Komm, noch einen Schluck!« Ihre von Runzeln umzogenen Augen leuchteten.

»Später … ich trinke es später.« Sie legte sich wieder hin.

»Möchtest du etwas essen? Soll ich etwas Süßes holen?«

»Nein, danke.«

Trotzdem verließ die alte Dame eilig das Zimmer, nachdem sie mich gefragt hatte, wo sie einen Laden fände. Meine Frau schlug die Decke zurück und setzte beide Füße auf den Boden.

»Wohin gehst du?«

»Auf die Toilette.«

Ich folgte ihr, hielt den Infusionsbeutel hoch und hängte ihn im Inneren der Nasszelle an einen Haken. Sie forderte mich auf, sie allein zu lassen, dann schloss sie hinter mir ab. Sie erbrach sich stöhnend, bis ihr Magen leer war.

Dann kam sie schwankend wieder heraus, den Geruch von Magensäure und Erbrochenem verbreitend. Ohne meine Hilfe in Anspruch zu nehmen, hielt sie selbst den Infusionsbeutel mit ihrer verbundenen linken Hand. Nicht hoch genug, weswegen die Flüssigkeit im Schlauch in die andere Richtung floss und Blut ansaugte. Sie steuerte auf die Papiertüte zu, die ihre Mutter stehen gelassen hatte und in der sich das Ziegenextrakt befand. Mit der rechten Hand griff sie danach, es war die mit dem Zugang, aber das schien sie nicht zu kümmern. Sie ging aus dem Zimmer, und ich wollte gar nicht wissen, was sie vorhatte.

Kurz danach öffnete meine Schwiegermutter schwungvoll die Tür, was einigen Lärm verursachte und die Schülerin mit ihrer Mutter zu Stirnrunzeln veranlasste. In der einen Hand hatte sie einen Beutel mit Keksen, in der anderen eine Papiertüte mit schwarzen Flecken. Ein Blick genügte, um zu wissen, um was es sich dabei handelte.

»Chong, warum hast du das zugelassen? Du musst doch gewusst haben, was sie im Schilde führte?«

Ich wollte nur noch weg hier, nach Hause gehen.

»Und du, wie kannst du es so einfach wegschmeißen? Hast du eine Ahnung, was das kostet? Das Geld dafür haben dein Vater und ich im Schweiße unseres Angesichts verdient. Wie kannst du dich jetzt noch unsere Tochter nennen?«

Meine Frau stand mit hängenden Schultern in der Tür. Ihr Infusionsbeutel war angefüllt mit Blutschlieren.

»Sieh dich doch an! Wer kein Fleisch verzehrt, der verzehrt sich selbst! Sieh nur einmal in den Spiegel! Sieh dir dein Gesicht an!« Die Stimme meiner Schwiegermutter überschlug sich, bevor sie in unterdrücktem Schluchzen unterging.

Ihre Tochter würdigte sie keines Blickes, als wäre sie eine Fremde, schleppte sich zum Bett und kletterte hinein. Sie zog die Bettdecke bis unters Kinn und schloss die Augen. Erst da konnte ich ihren Infusionsbeutel wieder auf die entsprechende Höhe bringen. Mittlerweile war er halb voll mit Blut.

*

Ich weiß nicht, warum diese Frau weint. Auch nicht, warum sie ihren Blick nicht von meinem Gesicht abwendet und mit zitternden Fingern ununterbrochen mein bandagiertes Handgelenk streichelt.

Mein Handgelenk tut mir nicht mehr weh. Es ist mein Herz, das schmerzt, und in meiner Magengrube spüre ich einen undefinierbaren Druck. Er ist immer da. Im Moment sogar, wenn ich keinen BH trage. Auch ein tiefer Atemzug bringt keine Erleichterung.

Was sich dort angesammelt und festgesetzt hat, das sind Schreie und Gebrüll. Und die kommen vom Fleisch. Ich habe zu viel davon gegessen. All die Seelen sind dort eingeklemmt, da bin ich sicher. Blut und Fleisch werden verdaut, die Nährstoffe überall im Körper verteilt. Der Rest wird ausgeschieden. Aber die Seelen klammern sich hartnäckig in meinem Magen fest.

Ich möchte einmal, ein einziges Mal einen großen Schrei ausstoßen können. Ich möchte in die Dunkelheit hinauslaufen, die sich jenseits der Fensterscheibe befindet. Würde das den Knoten auflösen können? Wäre das möglich?

Keiner kann mir helfen.

Keiner kann mich retten.

Keiner kann mir das freie Atmen wiedergeben.

*

Als ich wiederkam, nachdem ich meine Schwiegermutter in ein Taxi gesetzt hatte, war es im Krankenzimmer dunkel. Die Schülerin und ihre Mutter hatten offensichtlich nach der ganzen Aufregung beschlossen, früh schlafen zu gehen. Sie hatten den Fernseher abgeschaltet, das Licht ausgemacht und den Vorhang zugezogen. Auch meine Frau schlief. Ich streckte mich, so gut es ging, auf einem Beistellbett aus und versuchte ebenfalls einzuschlafen. Aber all meine Gedanken drehten sich darum, einen Anhaltspunkt zu finden, wie es so weit kommen konnte. Wo sollte ich anfangen? Das Einzige, was ich mit Sicherheit wusste, war, dass mir so etwas nicht hätte passieren dürfen.

Im Halbschlaf hatte ich einen Traum. Ich hatte jemanden umgebracht. Ich hatte ihm ein Messer in den Bauch gerammt, mit aller Kraft den Schlitz erweitert und war gerade dabei, die Eingeweide herauszunehmen. Ich durchschnitt Fleisch und Muskeln und löste alles ab, bis nur noch das Skelett übrig blieb, wie beim Filetieren eines Fisches. Nach dem Aufwachen konnte ich mich jedoch nicht daran erinnern, wen ich umgebracht hatte.

Es war immer noch Nacht. Irgendetwas veranlasste mich, die Decke meiner Frau hochzuheben, aber ich konnte Gott sei Dank weder eine Blutlache noch Eingeweide ausmachen. Im Gegensatz zu unseren Zimmergenossen, die sehr geräuschvoll atmeten, war Yong-Hye unnatürlich ruhig. Getrieben von einem seltsamen Impuls, hielt ich meinen Zeigefinger unter ihre Nasenlöcher. Sie war nicht tot.

Als ich das nächste Mal aufwachte, war es schon helllichter Tag.

»Sie haben aber einen tiefen Schlaf ... Sie haben noch nicht einmal mitbekommen, dass man das Frühstück brachte«, sagte die Mutter der Schülerin.

Sie schien Mitleid mit mir zu haben. Das Frühstückstablett stand unberührt auf dem Bett, und meine Frau war nicht da. Den Zugang hatte sie sich offenbar einfach herausgerissen, und er baumelte lose am Infusionsschlauch, blutverschmiert.

»Wohin ist sie gegangen?«, fragte ich, während ich mir etwas Speichel aus dem Mundwinkel wischte.

»Als ich aufgestanden bin, war Ihre Frau schon weg.«

»Wie bitte? Hätten Sie mich nicht wecken können?«

»Sie haben so tief und fest geschlafen ... Außerdem habe ich mir gedacht, sie wird schon ihre Gründe haben ...« Sichtlich verlegen, aber offenbar auch beleidigt, errötete die junge Mutter.

Nachdem ich meine Kleidung in Ordnung gebracht hatte, stürmte ich aus dem Zimmer. Ich suchte auf dem

Gang, im Fahrstuhl und an allen möglichen und unmöglichen Orten, aber Yong-Hye war nirgends zu finden. Ich war nervös. Ich hatte meinen Arbeitgeber informiert, dass ich zwei Stunden später kommen würde. Das hätte gereicht, um die Entlassungsformalitäten zu erledigen. Mein Plan war gewesen, Yong-Hye auf dem Heimweg vorzuschlagen, dass wir in Zukunft so tun, als ob wir beide alles nur geträumt hätten. Zumindest versuchte ich, mir selbst einzureden, ich hätte alles nur geträumt.

Ich fuhr mit dem Aufzug ins Erdgeschoss. Dort war sie auch nicht. Mich nach allen Seiten umsehend, eilte ich in den Hof. Dort waren einige Patienten, die nach dem Frühstück etwas frische Luft schnappen wollten. Bei den meisten handelte es sich wahrscheinlich um Langzeitpatienten, da sie müde und traurig, zugleich aber auch schicksalsergeben aussahen. In der Nähe eines Brunnens, dessen Wasserzufuhr allerdings abgestellt war, bemerkte ich eine Ansammlung von Leuten, die aufgeregt durcheinanderredeten. Ich bahnte mir einen Weg durch die Gruppe.

Meine Frau saß dort auf einer Bank. Sie hatte das Krankenhaushemd ausgezogen und sich auf den Schoß gelegt. So bot sie den Umstehenden den Anblick ihrer hervorstehenden Schlüsselbeine, verkümmerten Brüste und braunroten Brustwarzen. Sie hatte den Verband an ihrer linken Hand abgenommen und leckte bedächtig an der genähten Schnittwunde, offensichtlich trat dort Blut aus. Ihr Gesicht und ihr nackter Oberkörper wurden von der Sonne beschienen.

»Seit wann sitzt sie so da?«

»Großer Gott. Sie gehört bestimmt in die Psychiatrie. Sie ist noch so jung …«

»Was hält sie denn da in ihrer Hand?«

»Nichts, glaube ich.«

»Nein, da ist doch was.«

»Sieh nur! Sie kommen!«

Ich drehte mich um und sah einen ernst dreinblickenden Krankenpfleger in Begleitung eines nicht mehr ganz jungen Wachmanns auf uns zukommen.

Ich betrachtete die Szene wie ein Außenstehender, als sei ich nur ein Schaulustiger. Aufmerksam studierte ich Yong-Hyes erschöpft wirkendes Gesicht und ihren blutverschmierten Mund, der aussah, als wäre man ungeschickt mit einem Lippenstift darübergefahren. Ihre feucht glänzenden Augen, die die Umstehenden musterten, blieben an mir hängen.

»Ich kenne sie nicht«, sagte ich zu mir selbst, und das war keine Lüge. Jedoch machte mir mein Verantwortungsgefühl einen Strich durch die Rechnung, und ehe ich mich versah, bewegten sich meine Beine eigenmächtig auf sie zu. »Was machst du nur für Sachen, Liebling?«, murmelte ich.

Ich nahm das Krankenhaushemd von ihren Knien und bedeckte ihre Brüste damit.

»Mir war heiß …« Sie lächelte leicht. Ein einfaches Lächeln, das mir vertraut vorkam. »Ich hab's ausgezogen, weil mir heiß war.« Mit der linken Hand schirmte sie die Sonnenstrahlen ab, die sie blendeten. Dabei war der Schnitt an ihrem Handgelenk deutlich zu sehen. »Das hätte ich wohl nicht tun sollen?«

Ich löste die verkrampften Finger ihrer anderen Hand. Auf die Bank fiel ein Vogel, den sie in der Hand gehalten hatte. Es war ein kleiner Japanbrillenvogel, der eine Menge Federn verloren hatte. Er war offensichtlich von einem räuberischen Tier gebissen worden, weswegen sein Körper mit Blutspritzern übersät war.

DER MONGOLENFLECK

Ein dunkelvioletter Vorhang senkte sich auf die Bühne. Die halbnackten Tänzer hatten bei der Verbeugung ausgiebig dem Publikum zugewinkt. Dieses hatte geklatscht und Bravo gerufen, aber keine Zugabe verlangt. Dann war die Begeisterung plötzlich abgeebbt, die Leute hatten ihre persönlichen Sachen genommen und waren zu den Ausgängen gestrebt. Auch er hatte seine Beine gestreckt und war aufgestanden, hatte sich aber nicht an den Begeisterungsrufen beteiligt, die gut fünf Minuten gedauert hatten. Mit verschränkten Armen hatte er stumm die Tänzer, die nach dem Beifall des Publikums lechzten, angestarrt und dabei ihre Augen und Lippen eingehend betrachtet. Er empfand durchaus Sympathie und Anerkennung für deren Leistung, aber er wollte nicht, dass der Choreograf sich einbildete, er applaudiere ihm.

Im Hinausgehen nickte er noch einmal in Richtung der mittlerweile überflüssigen Plakate. Die gleichen hatte er in einer Buchhandlung in der Innenstadt gesehen und sofort eine Gänsehaut bekommen. Mit banger Sorge, es könne vielleicht keine Karte mehr für die letzte Vorstellung übrig sein, hatte er zum Telefonhörer gegriffen. Doch es hatte geklappt. Auf dem Plakat war die Rückenansicht einer Frau und eines Mannes zu sehen gewesen. Sie saßen mit vorgebeugten Oberkörpern da, und das Besondere war, dass sie vom Nacken bis zur Taille mit roten und blauen Blumen und üppigem grünen Blätterwerk bemalt waren. Das Bild hatte ihn gleichermaßen entsetzt wie erregt. Kurz gesagt, es hatte ihn in seinen Bann gezogen. Er hatte es kaum glauben wollen: Eine Phantasie, die ihn seit über einem Jahr verfolgte, war offensichtlich von jemandem in die Tat umgesetzt worden. Einem Choreografen, den er überhaupt nicht kannte. War das möglich? Konnte es möglich sein, dass seine Phantasie bis ins letzte Detail realisiert wurde? Gespannt und mit trockenem Mund hatte er darauf gewartet, dass das Licht erlosch und die Vorstellung begann.

Aber er war enttäuscht worden. Sich den Weg durch die Menge bahnend – es waren überwiegend Leute vom Fach in schillernden Abendroben, die über die Darbietung diskutierten –, erreichte er den Ausgang, der zur U-Bahn führte. Die synthetische Musik, die prächtigen Kostüme, gepaart mit freizügiger Nacktheit und provozierenden Bewegungen, die gerade auf der Bühne zu sehen gewesen waren, hatten seine Erwartungen nicht erfüllt. Er hatte auf etwas anderes gehofft: etwas, was ruhiger, geheimnisvoller, verführerischer und tiefgründiger war.

An diesem Sonntagnachmittag waren kaum Leute in dem U-Bahn-Abteil. Er stand in der Nähe der Tür, in der Hand ein Programm, auf dem dasselbe Foto prangte wie auf den Plakaten. Seine Frau und sein fünfjähriger Sohn warteten zu Hause auf ihn. Er hatte fast den halben Tag mit dem Theaterbesuch verschwendet, wohl wissend, dass seine Frau sich über ein Wochenende mit der Familie gefreut hätte. Hatte ihm der Theaterbesuch irgendetwas gebracht? Nichts als Ernüchterung und die Erkenntnis, dass er sich selbst um die Verwirklichung seiner Phantasie kümmern musste. Wie sollte auch jemand anderes auf die Bühne bringen können, was nur in seiner Vorstellung existierte? Vor einiger Zeit war er schon einmal enttäuscht worden. In einer Kunstausstellung hatte er das Videowerk eines japanischen Künstlers entdeckt, das eine inszenierte Orgie zeigte. Ein Dutzend nackter, bunt bemalter Frauen und Männer erging sich voll körperlicher Begierde zu psychedelischer Musik. Sie wanden sich in stummer Ekstase wie Fische, die an Land mit dem Ersticken kämpfen. Natürlich hatte auch er ein sexuelles Verlangen, aber er würde dies nie öffentlich zur Schau stellen, und auch diese Darbietung wurde seiner Phantasie nicht gerecht.

Die U-Bahn war gerade an dem großen Apartmenthaus vorbeigefahren, in dem er wohnte, aber er hatte sowieso nicht die Absicht gehabt, hier auszusteigen. Das Programmheft hatte er in seinen Rucksack gesteckt, der über seiner Schulter hing. Die Hände in den Jackentaschen vergraben, betrachtete er die Spiegelung seines Gesichts und des Abteils in der Fensterscheibe. Emotionslos nahm er zur Kenntnis, dass dieser Mann, der seine schütteren Haare unter einer Kappe und seinen Bierbauch unter einem Blouson versteckte, er selbst war.

*

Das Atelier war abgeschlossen. Die einzige Zeit, in der er es für sich allein hatte, war der Sonntagnachmittag. Die K-Gruppe betätigte sich als Kunstmäzen und hatte diesen 26 m² großen Raum im zweiten Untergeschoss ihres Firmensitzes zur Verfügung gestellt. Vier Videokünstler hatten dort ihre Computerarbeitsplätze. Es war natürlich ein außerordentlicher Glücksfall, dieses teure Equipment kostenlos nutzen zu dürfen, aber in Gesellschaft der anderen fühlte er sich nicht wohl, da er absolute Ruhe brauchte, um sich konzentrieren zu können.

Das Schloss gab mit einem leisen Klicken nach. Er tastete nach dem Lichtschalter, sperrte die Tür hinter sich ab, nahm seine Kopfbedeckung herunter, ließ den Rucksack zu Boden gleiten und zog die Jacke aus. Dann ging er, die Finger nachdenklich auf die Lippen gelegt, eine Weile im Raum auf und ab. Er setzte sich an seinen Arbeitsplatz und vergrub das Gesicht in den Händen. Dann holte er das Programmheft, sein Skizzenbuch und sein Masterband aus dem Rucksack. Dieses war versehen mit einem Adressaufkleber – Name, Anschrift, Telefonnummer –, denn darauf waren alle Werke gespeichert, die er seit gut zehn Jahren produziert hatte. Das letzte war allerdings schon zwei Jahre alt. Eine zwei Jahre lang andauernde Schaffenskrise bedeutete an sich noch kein endgültiges Ende seiner Karriere, aber trotzdem wurde er langsam nervös.

Er öffnete sein Skizzenbuch. Es enthielt ein Dutzend Entwürfe, die sich allesamt mit einem ähnlichen Thema beschäftigten wie das Theaterplakat, sich aber in Stil und Stimmung völlig davon unterschieden. Sie zeigten nackte Frauen und Männer, deren Körper verziert waren mit wundervollen Blüten, zart und schwungvoll ausgearbeitet. Die Vereinigung der Paare wirkte ungezwungen. Im ersten Moment erinnerten sie an Erotikdarsteller, aber die Spannung der Muskeln an Oberschenkeln und Gesäß passte ebenso wie die mageren Oberkörper eher zu Tänzern. Die gesichtslosen Körper schienen energiegeladen und in sich ruhend, was jeglichen Eindruck von Frivolität zunichtemachte.

Die Idee dazu war ihm ganz unerwartet gekommen. Im vergangenen Winter hatte er gespürt, dass seine Energie nach und nach zurückkehrte, wie ein Kribbeln, das vom Bauch aus aufsteigt. Jahre lähmender Erschöpfung würden endlich zu Ende gehen, hoffte er. Zu diesem Zeitpunkt wusste er noch nicht, dass er kurz darauf eine derart provokante Vision erleben würde. Seine Arbeiten waren bis dahin von Realismus geprägt, und sein Ansatz war dokumentarischer Natur gewesen. In dreidimensionalen Bildfolgen hielt er überwiegend das Leben des gebrochenen, von der spätkapitalistischen Gesellschaft zerstörten Menschen fest. Diese sinnliche Vorstellung aber, die er neuerdings in sich trug, die nichts als eine Phantasie der Begehrlichkeit war, kam ihm vor wie ein unbezwingbares Monster.

Die Vision wäre ihm womöglich gar nicht gekommen, wenn ihn seine Frau nicht eines Sonntagnachmittags gebeten hätte, ihren Sohn zu baden. Wenn er nicht nach dem Abtrocknen, während seine Frau dem Kleinen die Unterhose anzog, beim Anblick seines Mongolenflecks bemerkt hätte: »Sein Mongolenfleck ist immer noch ziemlich groß. Wann verschwindet er denn endlich?« Wenn sie nicht geistesabwesend geantwortet hätte: »Ich weiß nicht … Ich erinnere mich nicht mehr, wie es bei mir war. Yong-Hye hatte ihren noch mit zwanzig!« Wenn sie nicht auf sein erstauntes ›zwanzig‹ hinzugefügt hätte: »Ja, mit zwanzig … so groß wie ein Daumen. Ganz grün. Vielleicht hat sie ihn ja immer noch?« In diesem Moment hatte er blitzartig das Bild vor Augen. Das Bild einer bläulichen Blume, die auf dem Gesäß einer Frau erblüht. Der Mongolenfleck seiner Schwägerin und die Vision eines nackten, mit Blumenornamenten bemalten Paares, das dabei war, sich zu vereinigen, wurden augenblicklich miteinander verknüpft, dass sie sich unwiderruflich klar und detailliert in sein Gedächtnis einbrannten.

Die gesichtslose Frau in seinem Skizzenbuch war niemand anderes als seine Schwägerin. Besser gesagt, sie musste es sein. Als er das erste Mal ihren nackten Körper malte, ohne ihn je gesehen zu haben, und ihn am Gesäß mit einer dem Mongolenfleck ähnelnden kleinen blauen Blüte versah, bekam er eine Erektion, und Schauer jagten ihm über den Rücken. Es war das erste Mal seit seiner Heirat, vor allem seit er die fünfunddreißig überschritten hatte, dass er so ein starkes sexuelles Verlangen nach jemandem empfand. Wer war der ebenfalls gesichtslose Mann, der in sitzender Position in sie eindrang, sich an ihren Hals klammernd, sie fast erwürgend? Er wusste, er war es selbst. Es konnte gar nicht anders sein. Als ihm dies klar wurde, entglitten ihm die Gesichtszüge.

*

Er hatte lange nach der Antwort gesucht. Sich immer wieder gefragt, wie er auf diese Phantasie gekommen war, die ihn nicht mehr losgelassen hatte. Noch nie war eine Vision von ihm so intensiv und so verführerisch gewesen. Kein anderes Projekt konnte sein Interesse mehr wecken. Alle Ausstellungen, Filme, Aufführungen erschienen ihm nichtssagend, weil sie nicht seiner Vision entsprachen.

Er machte sich Gedanken darüber, wie seine Phantasie zu realisieren war. Er könnte sich das Atelier eines befreundeten Malers ausborgen, Lampen aufstellen, Körperfarbe und ein weißes Laken für den Boden besorgen … Er rief sich all seine bisherigen Überlegungen ins Gedächtnis, bis zu dem Moment, als er sich die alles entscheidende Frage gestellt hatte: Wie sollte er nur seine Schwägerin davon überzeugen, mitzumachen? Für einige Zeit hatte er daran gedacht, sie durch eine andere Frau zu ersetzen, aber daraus hatten sich weitere Fragen ergeben: Wie konnte er überhaupt etwas derart Pornografisches inszenieren, denn nichts anderes war es? Weder seine Schwägerin noch irgendeine andere Frau würde sich dafür hergeben. Vielleicht könnte er eine professionelle Darstellerin dafür bezahlen, auch wenn das teuer würde. Wenn doch ein Wunder geschah und er die Szenen drehen konnte, würde er sein Werk dann je auf einer Ausstellung zeigen können? Ihm war zwar von Anfang an bewusst gewesen, dass er wegen seiner gesellschaftspolitischen Themen in eine bestimmte Schublade gesteckt wurde, aber dass er eines Tages als Produzent pornografischer Werke abgestempelt werden würde, diese Möglichkeit war ihm nie in den Sinn gekommen. Er hatte sich in seiner Arbeit immer frei gefühlt und hätte nie gedacht, dass diese Freiheit begrenzt sein könnte.

Ohne seine Vision hätte er auch nie diese Sehnsucht, dieses Unbehagen, diese Seelenqual, diesen schmerzhaften Zweifel und diese mühsame Selbstkontrolle empfunden. Er hätte nie diese Furcht erlebt, die Furcht, wegen eines Fehlers alles zu verlieren. Seine Familie und alles, was er sich aufgebaut hatte, auch wenn das nicht sonderlich viel war. Er fühlte, wie sein Selbstverständnis von verschiedenen Seiten unter Beschuss geriet und Risse bekam. War er ein normaler, ein moralischer Mensch? Konnte er sich beherrschen? Er war nicht mehr in der Lage, diese Fragen mit Sicherheit zu beantworten, obwohl er das bislang immer gekonnt hatte.

Klickklack machte das Schloss. Schnell klappte er sein Skizzenbuch zu und nahm es an sich. Er wollte unter keinen Umständen, dass man seine Zeichnungen sah. Auch das war neu. Bislang hatte er seine Entwürfe und seine Ideen bereitwillig mit allen geteilt.

»Oh, hallo!« Es war J. Ein junger Mann, der seine langen Haare zum Pferdeschwanz zusammengebunden trug. »Ich dachte nicht, dass heute jemand hier ist!«

Als Antwort lächelte er nur und lehnte sich langsam zurück.

»Willst du einen Kaffee?«, fragte der Neuankömmling und zog ein paar Münzen aus der Hosentasche.

Er schüttelte den Kopf. Während der andere sich Kaffee

aus dem Automaten holte, sah er sich in dem Raum um, den er nicht mehr für sich allein hatte. Da er sich für seine spärlichen Haare schämte, stülpte er sich schnell wieder seine Baseballkappe auf den Kopf. Er hatte das Gefühl, tief in seinem Inneren warte eine Ansammlung von erstickten Schreien darauf, wie ein Hustenanfall aus ihm herauszubrechen. Er warf seine Habseligkeiten in den Rucksack und beeilte sich zu gehen. Um nicht auf seinen Kollegen zu treffen, lenkte er seine Schritte in Richtung Aufzug, der genau entgegengesetzt zum Treppenhaus lag. Als er sein Gesicht in der spiegelnden Kabinentür sah, bemerkte er, dass seine Augen rot waren. Hatte er geweint? Er versuchte sich zu erinnern, konnte sich aber nicht erklären, wann er das heute getan haben sollte. Er hatte den Drang, in dieses Gesicht zu spucken. Dorthin, wo die blutunterlaufenen Augäpfel saßen. Er wollte diese bärtigen Backen schlagen, so lange, bis sie rot wurden. Den vor Verlangen geschwollenen Lippen hätte er am liebsten einen Tritt verpasst.

*

»Da bist du ja endlich!«, empfing ihn seine Frau, ihren Unmut mühsam verbergend. Sein Sohn grüßte ihn kurz, bevor er sich wieder seinem Plastikbagger widmete.

Seine Frau besaß in der Nähe einer Universität ein Kosmetikgeschäft. Nach der Geburt des Kindes hatten es die Angestellten weitergeführt, während sie nur allabendlich die Buchhaltung erledigte. Aber vor einem Jahr, als der Kleine einen Platz im Kindergarten bekommen hatte, war sie wieder Vollzeit arbeiten gegangen. Seitdem war sie immer müde, aber sie war ein von Natur aus geduldiger Mensch. Alles, was sie von ihm verlangte, war, dass er am Sonntag für die Familie da war.

»Ich möchte mich ausruhen … und ich finde, du solltest etwas Zeit mit deinem Sohn verbringen. Meinst du nicht auch?«

Er wollte sie entlasten. Er mochte die Sorgfalt, mit der sie sich um den Haushalt kümmerte, ohne sich jemals zu beklagen. Aber seit einiger Zeit fühlte er sich zu Hause nicht mehr wohl, da sie ihrer Schwester zu sehr ähnelte.

»Hast du zu Mittag gegessen?«

»Ja, einen kleinen Snack.«

»Du musst aber etwas Vernünftiges essen, nicht nur so auf die Schnelle.«

Verstohlen musterte er ihr müdes Gesicht, das eine gewisse Resignation ihm gegenüber ausdrückte. Dank einer plastischen Operation, die sie Anfang zwanzig an ihren Lidern hatte durchführen lassen, hatte sie große Mandelaugen. Ihr ovales Gesicht war ebenmäßig, genau wie ihre Nackenlinie. Obwohl er kein Fachmann dafür war, glaubte er, dass sie den großen Erfolg ihres Geschäfts ihrem sympathischen Gesicht zu verdanken hatte. Sie hatte es noch vor ihrer Hochzeit gekauft und von einem 8-qm^2-Laden zu einem richtig großen Geschäft ausgebaut. Trotzdem hatte sie etwas an sich, das ihn schon immer gestört hatte. Ihre Erscheinung, ihre Größe, ihre Haltung und ihr besonnenes Wesen entsprachen eigentlich seinem Ideal von einer Frau, und er konnte beim besten Willen nicht sagen, was er an ihr auszusetzen hatte. Das war schon so, als er beschloss, um ihre Hand anzuhalten. Erst als er bei einem Familientreffen zum ersten Mal seiner Schwägerin begegnete, wusste er, was es war.

Deren straffe Lider, die klare, ehrliche Stimme, die nicht den nasalen Ton seiner Frau hatte, ihr bescheidener Kleidungsstil, ihre prominenten Wangenknochen, die die Ebenmäßigkeit des Gesichtes aufbrachen … All das hatte ihm gefallen. Sie war weniger hübsch als seine Frau, aber sie strahlte die Natürlichkeit eines wildgewachsenen Baumes aus, der nie zurechtgestutzt worden war. Er hatte sie jedoch nicht sofort begehrt, sondern nur bemerkt, dass sie ihm gefiel und dass sie sich trotz der unleugbaren Ähnlichkeit mit ihrer Schwester in bestimmten Punkten von ihr unterschied.

»Soll ich jetzt den Tisch decken, oder nicht?«

»Ich habe doch gesagt, ich habe etwas gegessen.«

Zerschlagen von den inneren Kämpfen, die er auszufechten hatte, öffnete er die Badezimmertür. In dem Moment, als er zum Lichtschalter griff, hörte er seine Frau noch murmeln: »Ich mache mir schon genug Sorgen um Yong-Hye, und du meldest dich den ganzen Tag nicht. Ziu ist erkältet und hat mich ununterbrochen auf Trab gehalten …« Es folgte ein großer Seufzer, bevor sie ihrem Sohn zurief: »Wo bleibst du denn? Ich habe dir doch gesagt, du sollst kommen. Es ist Zeit für deine Medikamente.«

Wohl wissend, dass ihr Sohn immer trödelte, wenn sie ihn rief, leerte sie das Tütchen mit dem Arzneimittel auf einen Löffel und gab etwas Erdbeersirup dazu.

Er kam aus dem Bad und ging zu ihr: »Ist wieder was mit deiner Schwester?«

»Sie lassen sich scheiden. Ich bin bitter enttäuscht von ihrem Mann, auch wenn ich ihn verstehe. Ehe, was macht das schon für einen Sinn?«

»Wenn ich …«, stammelte er. »Wenn ich mal deine Schwester treffen würde?«

Das Gesicht seiner Frau hellte sich sofort auf.

»Das würdest du tun? Ich habe sie schon mehrmals eingeladen, aber sie kommt nicht. Wenn du ein Treffen vorschlägst, kann sie schlecht nein sagen … dazu steht sie dir nicht nah genug. Ich verstehe einfach nicht, wie es so weit kommen konnte.«

Er beobachtete seine mitfühlende Frau, in deren Gesicht sich Verantwortungsgefühl spiegelte, wie sie vorsichtig auf ihren Sohn zuging, um nichts von der Medizin zu verschütten. Was für ein guter Mensch sie war, so gut, dass man Beklemmungen bekommen konnte.

»Ich werde sie morgen anrufen.«

»Brauchst du ihre Nummer?«

»Danke, aber ich habe sie.«

Er ging zurück ins Badezimmer und schloss sich ein. Sein Herz schien zu explodieren. Er drehte die Dusche auf und zog sich aus, während er zusah, wie der Wasserstrahl geräuschvoll auf den Boden der Badewanne prallte. Es wurde ihm bewusst, dass er schon fast zwei Monate keinen Sex mehr mit seiner Frau gehabt hatte und dass sein Glied im Begriff war anzuschwellen, was definitiv nicht an ihr lag. In dem Moment, als er an die Wohnung seiner Schwägerin gedacht hatte – er war dort einmal zusammen mit seiner Frau zu Besuch gewesen – und an seine Schwägerin, wie sie sich auf ihrer Matratze räkelte, da war ihm das Blut in den Unterleib geschossen. Vor geraumer Zeit hatte er sie auf dem Rücken getragen, blutverschmiert, wie sie war. Durch den engen Körperkontakt hatte er ihre Brüste und ihre Schenkel gespürt. Er hätte ihr nur die Hose ein Stück herunterziehen müssen, um den Mongolenfleck sehen zu können …

Er masturbierte im Stehen, getrieben von einer Frustration, die durch seine Willensschwäche entstanden war. Dann stellte er sich unter die Dusche, um das Sperma abzuwaschen, und stieß einen Seufzer aus, der wie eine Mischung aus Schluchzen und Lachen klang. Das Wasser war einfach zu kalt.

*

Es war zwei Jahre her, dass sich seine Schwägerin im Frühsommer bei ihnen zu Hause die Pulsadern aufgeschnitten hatte. Er war gerade erst mit seiner Frau in eine geräumigere Wohnung gezogen, als ihre Familie sich dort zu einem Mittagessen traf. Sie alle liebten Fleisch, und sie waren vollkommen außer sich, weil seine Schwägerin Yong-Hye alle tierischen Produkte seit einiger Zeit komplett von ihrem Speiseplan gestrichen hatte, mit dem Hinweis, sie sei fortan Vegetarierin. Daraufhin hatte sie dermaßen abgenommen, dass die Vorhaltungen ihrer Angehörigen mehr als verständlich waren. Trotzdem war ihm eine Szene im Gedächtnis geblieben, da sie aus einem absurden Theaterstück hätte stammen können, so surrealistisch mutete sie an. Yong-Hyes Vater, ein Vietnamkriegsveteran, hatte seine Tochter geohrfeigt, weil sie sich ihm widersetzt hatte, bevor er ihr gewaltsam ein Fleischstückchen in den Mund stopfte.

Am deutlichsten war ihm noch der Schrei in Erinnerung, den die junge Frau ausgestoßen hatte. Nachdem sie das Fleisch wieder ausgespuckt hatte, ergriff sie ein Messer. Mit wild glänzenden Augen, wie ein in die Enge getriebenes Tier, stand sie da und blickte drohend jedem ihrer Verwandten reihum in die Augen.

Als dann das Blut aus ihrem Handgelenk spritzte, hatte er einen Druckverband angelegt, indem er ein dünnes Laken zerriss, um sie anschließend – sie war leicht wie ein Gespenst – huckepack zum Parkplatz hinunterzutragen. Es überraschte ihn, wie besonnen und schnell er reagiert hatte.

Während er in der Notaufnahme die bewusstlos daliegende Yong-Hye betrachtete, spürte er, wie es in ihm klick machte. Weder damals noch später konnte er sagen, was genau in ihm vorgegangen war. In seinem Beisein hatte jemand versucht, sich das Leben zu nehmen, als wäre das

Leben etwas, das man wie Müll wegwarf. Das Blut auf seinem schweißdurchtränkten Hemd war getrocknet und hatte eine bräunliche Farbe angenommen.

Zwar wünschte er sich, sie möge überleben, zugleich fragte er sich aber, ob es einen Sinn hätte. Sie musste sich am Ende einer Sackgasse gefühlt haben, als sie versucht hatte, sich umzubringen. Keiner war ihr zu Hilfe geeilt. Jeder aus ihrer Familie musste ihr wie ein Fremder vorgekommen sein, um nicht zu sagen, wie ein Feind. Die Eltern, die sie zwingen wollten, Fleisch zu essen, und ihr Mann, der Bruder, die Schwester, die dies nicht verhindert hatten. Auch nach ihrem Aufwachen würde sich nichts an den Umständen ändern. Ihr Selbstmordversuch war zwar das Ergebnis einer Kurzschlussreaktion, aber es war nicht auszuschließen, dass sie es wieder versuchen würde. Im Gegenteil, sie könnte sich beim nächsten Mal gründlicher vorbereiten, damit niemand sie retten konnte. Plötzlich erkannte er, dass es besser wäre, sie würde gar nicht erst wieder aufwachen. Ihre Situation war so hoffnungslos, dass er fast das Bedürfnis hatte, sie eigenhändig aus dem Fenster zu stoßen, sobald sie wieder erwachte.

Nachdem sie fürs Erste außer Lebensgefahr gewesen war, hatte er sich mit dem Geld seines Schwagers im Krankenhausladen ein neues Hemd gekauft und sich umgezogen. Statt das blutbefleckte Hemd wegzuwerfen, hatte er es zu einem Ball zusammengeknüllt und mit ins Taxi genommen. Während der Fahrt musste er an sein letztes Werk denken, eine Erinnerung, die für ihn unerwartet schmerzhaft war. In dem Video hatte er all das zusammengeschnitten, mit grafisch gestalteten Untertiteln versehen und passender Musik unterlegt, was in seinen Augen verlogen und hassenswert war. Darunter waren zahlreiche Werbeslogans, Ausschnitte aus Fernsehserien und Nachrichtensendungen,

Köpfe von Politikern, eine Brücke und ein großes Geschäftsgebäude, die zusammenstürzten, weinende Obdachlose und von einer unheilbaren Krankheit gezeichnete Kinder.

Ihm wurde schlecht. All die Stunden, Tage und Nächte, die er aufgewandt hatte, um die Intensität der Gefühle herauszuarbeiten, die in den Bildern steckten, kamen ihm nun einer Folter gleich. Beim Gedanken daran stürzten Hass, Enttäuschung und Schmerz über ihn herein. Als sei plötzlich ein Käfig aufgebrochen, spielte er mit dem Gedanken, die Tür des Taxis aufzureißen und bei voller Fahrt hinauszuspringen, selbst wenn er sich dabei auf dem Asphalt überschlagen würde. Es war ihm unerträglich, wie er die Welt in seinem Video dargestellt hatte. Vielleicht war während der Arbeit sein Hass auf die Zustände nicht groß genug gewesen, oder er hatte die Bedrohung nicht stark genug empfunden. Aber genau in diesem Moment, in der erstickenden Hitze, die an diesem Sommernachmittag im Wagen herrschte, erschien ihm seine Interpretation fürchterlich ungenügend. Dazu kam der eisenhaltige Geruch des Blutes seiner Schwägerin auf seinem Hemd. Sein Herz raste, und er bekam keine Luft mehr. Ihm war klar, dass er bis auf weiteres nicht mehr in der Lage sein würde zu arbeiten. Lähmende Müdigkeit überkam ihn, verbunden mit Lebensüberdruss.

Die Werke, die er in den letzten zehn Jahren geschaffen hatte, wendeten sich gegen ihren Schöpfer. Sie gehörten nicht mehr zu ihm, sondern zu jemandem, den er vage gekannt hatte oder, besser gesagt, zu kennen glaubte.

*

Am anderen Ende der Telefonleitung blieb es still. Seine Schwägerin sagte nichts. Immerhin hatte sie abgenommen, und er hörte sie trotz der Hintergrundgeräusche atmen.

»Hallo?« Auch er brauchte eine Weile, bevor er zu sprechen begann. »Ich bin's, dein Schwager. Hörst du mich? Deine Schwester …«, er fuhr fort, sich für seine Heuchelei und Falschheit verachtend, die ihm Gänsehaut verursachten, »… ist sehr beunruhigt.«

Er atmete geräuschvoll aus, während seine Gesprächspartnerin weiterhin schwieg. Bestimmt war sie wie immer barfuß. Nachdem sie mehrere Monate in der psychiatrischen Abteilung des Krankenhauses verbracht hatte, war sie zunächst zu ihnen gezogen. Die Familie hatte vergeblich versucht, ihren Mann umzustimmen, der nicht mehr mit ihr leben wollte. Eher wollte er sich selbst in die Psychiatrie einweisen, sagte er. Einen Monat lang war sie bei ihnen geblieben, bevor sie eine eigene kleine Wohnung gefunden hatte. Das Zusammenleben mit ihr war weder sonderlich schwierig noch unangenehm gewesen. Da er zu diesem Zeitpunkt noch nichts von dem Mongolenfleck gewusst hatte, empfand er nichts als Mitgefühl für diese rätselhafte Frau.

Von Haus aus wortkarg, hatte sie die Tage überwiegend auf dem Balkon verbracht, die letzte Herbstsonne genießend. Sie vertrieb sich die Zeit damit, die trockenen, heruntergefallenen Blätter der Topfpflanzen zu zerreiben oder mit den Händen Schatten auf den Balkonboden zu werfen. Wenn ihre Schwester zu tun hatte, kümmerte sie sich um Ziu. Wusch sie ihm Gesicht oder Hände, stand sie immer barfuß auf den kalten Fliesen des Badezimmers.

Bei ihrem Anblick tat er sich schwer zu glauben, dass sie sich hatte umbringen wollen. Dass sie in aller Öffentlichkeit ihren Busen gezeigt hatte, war vielleicht auf den

Schockzustand nach dem Selbstmordversuch zurückzuführen. Es schien ihm eine andere Frau in einem anderen Leben gewesen zu sein, die er blutüberströmt ins Krankenhaus gebracht hatte. Eine Erfahrung, auf die er gerne verzichtet hätte.

Das einzig Ungewöhnliche war die Tatsache, dass sie nach wie vor kein Fleisch aß. Ihr Mann sah in ihrer vegetarischen Ernährung den Grund für ihr seltsames Verhalten, auch in Bezug auf ihre Brüste und den Vorfall im Krankenhausgarten. Deshalb war er der festen Überzeugung, dass sie noch nicht genesen war. »Sie wirkt vielleicht wieder normal, aber das täuscht. Ihr komisches Essverhalten dauert jetzt schon so lange, und die Medikamente, die sie täglich nimmt, haben nichts daran geändert. Im Gegenteil, sie ist sogar noch zerstreuter. Ich sage euch, sie ist nicht geheilt!« Die Haltung dieses Mannes, der sich seiner Frau entledigen wollte, verstörte ihn zutiefst. Er sprach von ihr, als handle es sich um einen kaputten Wecker oder ein defektes Küchengerät. »Sagt mir nicht, ich sei egoistisch. Jeder weiß, dass ich der Hauptleidtragende in dieser Geschichte bin!« Die Argumente seines Schwagers waren nicht ganz von der Hand zu weisen, weshalb er dann doch eine neutrale Haltung ihm gegenüber eingenommen hatte. Ganz im Gegensatz zu seiner Frau, die diesen gebeten hatte, sich noch nicht scheiden zu lassen und kurz abzuwarten. Aber sein Schwager war hart geblieben.

Er verscheuchte das Bild dieses Mannes aus seinen Gedanken. Die enge Stirn und das fliehende Kinn gaben ihm ein engherziges Aussehen, das er noch nie gemocht hatte. Stattdessen wandte er sich wieder an seine Schwägerin: »Bitte antworte mir doch. Sag irgendetwas.«

Er trug sich schon mit dem Gedanken aufzulegen, als sie zu seiner großen Erleichterung erklärte: »Das Wasser kocht.« Ihre zarte Stimme ließ ihn an eine Feder denken. Sie klang weder bedrückt noch farblos, wie man es von einer Kranken erwarten würde. Aber auch nicht sonderlich liebenswert oder fröhlich, eher gleichgültig. Die Stimme einer Frau, die sich irgendwo im Nirgendwo befand. »Ich muss das Gas ausdrehen.«

»Hör zu, ich …« Er fürchtete, sie würde gleich auflegen, und beeilte sich, den Satz zu beenden, »… kann ich gleich bei dir vorbeikommen? Du gehst nicht weg, versprochen?«

Darauf folgte einen Moment Stille, dann war die Leitung tot. Er legte den Hörer auf. Er hatte getan, was er konnte. Schweiß tropfte auf seine Hand.

*

Er hatte angefangen, seine Schwägerin mit anderen Augen zu sehen, nachdem ihm seine Frau von dem Mongolenfleck erzählt hatte. Davor hatte er keinerlei unlautere Absichten ihr gegenüber gehabt. Ihn überkam ein Gefühl der Erregung, wenn er sich ihren Anblick ins Gedächtnis rief, als sie bei ihnen wohnte. Ein Gefühl, das er zum damaligen Zeitpunkt noch nicht hatte. Es wurde ihm jedes Mal ganz heiß, wenn er an ihren versonnenen Gesichtsausdruck beim Spiel mit den Schatten dachte, an ihre weißen Knöchel, die unter der weiten Hose zu sehen waren, wenn sie Ziu wusch, oder an ihre nachlässige Haltung beim Fernsehen, wenn sie mit leicht geöffneten Beinen und offenen Haaren auf dem Sofa lag. Unter all diesen Bildern war aber ein fiktives Bild am stärksten, nämlich das eines Mongolenflecks: eine Pigmentierung, die im Babyalter auf dem Gesäß oder dem unteren Rücken erscheint und die sich in der Regel bis zum Erwachsenenalter verliert. Bei dem Gedanken an das angenehme Gefühl, das er bei der ersten Berührung von Zius Babypo hatte, und an das imaginierte Bild vom Gesäß seiner Schwägerin, das er noch nicht einmal gesehen hatte, entzündete sich in ihm ein helles Licht.

Sogar die Tatsache, dass sie kein Fleisch aß und sich nur von Getreide und Gemüse ernährte, schien perfekt zu dem Bild der grünen Blüte zu passen, das untrennbar mit ihr verbunden war. Als ihr Blut auf sein Hemd getropft und dort getrocknet war, sah er darin ein eindeutiges und gleichzeitig verwirrendes Zeichen dafür, dass sein Schicksal mit dem ihren verbunden war.

Sie wohnte in einem Mehrfamilienhaus, in einer kleinen, ruhigen Gasse nahe einer Frauenuniversität. Er erreichte das Gebäude beladen mit Tüten voll Obst, das er auf Anraten seiner Frau gekauft hatte: Orangen von der Insel Cheju, Äpfel, Birnen und sogar Erdbeeren, die zu dieser Jahreszeit selten waren. Seine Arme und Finger waren ganz verkrampft, aber er zögerte noch, weil er Angst davor hatte, in Panik zu geraten, wenn er ihr von Angesicht zu Angesicht gegenüberstand.

Schließlich stellte er die Tüten auf den Boden, zog sein Handy aus der Tasche und rief sie an. Als sie nach dem zehnten Klingeln immer noch nicht abgenommen hatte, nahm er die Fruchttüten wieder auf und machte sich daran, die Treppe hochzusteigen. Im zweiten Stock angekommen, drückte er auf den Klingelknopf neben ihrer Wohnungstür, der mit dem Bild einer Sechzehntelnote verziert war. Er wartete, aber nichts rührte sich. Er griff nach dem Türknauf, und zu seiner Verwunderung ließ dieser sich drehen. Also brachte er seine Kleidung in Ordnung, nahm kurz die Baseballkappe ab, fuhr sich durch seine lichten

Haare, um den Schweiß abzuwischen, holte einmal tief Luft und öffnete die Tür.

*

Die nach Süden ausgerichtete Einzimmerwohnung war in das milde Licht der Oktobersonne getaucht, was sie friedlich aussehen ließ. Überall lagen Kleidungsstücke herum, die ihm vertraut vorkamen. Wahrscheinlich hatten sie einmal seiner Frau gehört. Auch wenn es etwas staubig war, wirkte der Raum nicht schmutzig. Vielleicht, weil es kaum Möbel gab.

Er stellte die Tüten mit den Früchten im Eingangsbereich ab und zog sich die Schuhe aus. Bislang hatte er noch kein Lebenszeichen von ihr entdecken können. War sie gar nicht da? Ging sie ihm aus dem Weg? Er bemerkte, dass sie nicht einmal einen Fernseher besaß. Die Wand mit der Doppelsteckdose und der Antennenbuchse vermittelte einen trostlosen Eindruck. Außer dem Telefon, das seine Frau für ihre Schwester hatte legen lassen, lag nur eine Matratze am Boden. Die darauf ausgebreitete Bettdecke hatte die Form eines Körpers, als ob jemand gerade noch darin geschlafen hätte.

Um frische Luft hereinzulassen, öffnete er die Balkontür. Plötzlich spürte er die Anwesenheit einer anderen Person, was ihn veranlasste, sich abrupt umzudrehen. Ihm stockte der Atem.

Sie war aus dem Badezimmer gekommen. Da er kein Wasserrauschen gehört hatte, war ihm gar nicht in den Sinn gekommen, sie könnte im Bad sein. Was ihn aber wirklich fassungslos machte, war die Tatsache, dass sie nackt war, obwohl auf ihrem Körper keine Spur von Feuchtigkeit zu erkennen war. Offensichtlich ebenso überrascht wie er, stand sie regungslos da. Dann hob sie ein paar der herumliegenden Kleidungsstücke auf und bedeckte sich. Ihre Bewegungen waren ruhig, und sie gab sich ganz unbefangen, als wüsste sie genau, wie man sich in so einer Situation verhielt.

Er hätte seinen Blick abwenden oder den Raum verlassen müssen, da sie es nicht für nötig hielt, sich umzudrehen, während sie sich anzog. Stattdessen blieb er wie angewurzelt stehen und starrte sie an. Sie war nicht mehr ganz so dünn wie zu Beginn ihrer Ernährungsumstellung auf vegetarisches Essen. Bereits im Krankenhaus hatte sie ein paar Pfund zugenommen. Als sie bei ihnen lebte, hatte sie auch ganz ordentlich gegessen, so dass ihre Brüste wieder voller und ihre Hüfte kurviger geworden waren. Ihre Schambehaarung war nicht dicht. Der Schwung ihrer Beine, von den Oberschenkeln bis zu den Waden, war sehr verführerisch, auch wenn er es gerne etwas üppiger hatte. Insgesamt war es ein Körper, den man eher bewundern als besitzen wollte. Als ihm bewusst wurde, dass er ihren Mongolenfleck nicht gesehen hatte, war sie schon fast angezogen.

»Es tut mir leid«, brachte er endlich stammelnd heraus. »Die Tür war nicht verschlossen, und da dachte ich, du wärst nicht da.«

»Das macht nichts«, antwortete sie, immer noch ganz gelassen, als wäre alles ganz normal. »So fühle ich mich einfach freier, wenn ich allein bin.«

Das bedeutete … Er versuchte wieder einen klaren Gedanken zu fassen. Sein Kopf schien völlig leer zu sein. Das bedeutete, sie war zu Hause immer nackt! Bei dieser Vorstellung spürte er zu seinem großen Entsetzen, wie sein Glied steif wurde, obwohl er beim direkten Anblick unbewegt geblieben war. Er nahm seine Kappe ab und setzte sich auf den Boden, um seine Erektion zu verbergen.

»Ich kann dir nichts anbieten …«, sagte sie, ging aber trotzdem in Richtung Küche.

Wenn er recht gesehen hatte, war sie in die dunkelgraue Hose geschlüpft, ohne vorher einen Slip anzuziehen. Beim Anblick ihrer wackelnden Gesäßbacken, die weder üppig noch aufreizend waren, zuckte sein Adamsapfel erkennbar.

»Ach, lass nur … oder ja, wir könnten etwas Obst essen«, schlug er vor, in der Hoffnung, in der Zwischenzeit seine Erregung in den Griff zu bekommen.

»Ja, klar.«

Sie kam zurück, holte ein paar Äpfel und Birnen und ging wieder in die Küche, um sie abzuwaschen. Während das Wasser lief und Teller klirrten, versuchte er, sich auf die Löcher der öden Steckdosen an der Wand oder die viereckigen Tasten des Telefons zu konzentrieren. Doch das Bild ihres Schambereichs wurde in seinem Kopf immer mächtiger, immer wieder überlagert von der Vision ihres blütenverzierten Gesäßes und seinen Skizzen von den sich vereinigenden Paaren.

Als sie sich mit einem Teller Früchte neben ihn setzte, senkte er den Kopf, damit sie seine Augen nicht sehen konnte, die bestimmt fiebrig glänzten.

»Ich weiß nicht, ob die Äpfel gut sind …«

Nach einer kurzen Pause bemerkte sie: »Du musst dich nicht verpflichtet fühlen, nach mir zu sehen.«

»Wie meinst du das?«

Sie fuhr ruhig fort: »Macht euch keine Sorgen um mich. Ich suche mir eine Arbeit. Der Arzt hat mir davon abgeraten, mich allein zu Hause zu vergraben. Deswegen überlege ich, in einem Kaufhaus zu jobben. Ich hatte letzte Woche sogar schon ein Vorstellungsgespräch.«

»Wirklich?«

Das kam unerwartet. »Kannst du dir vorstellen, mit

einer Frau zusammenzuleben, die vollkommen von dir abhängig ist und die wegen ihrer psychischen Probleme Medikamente nehmen muss?«, hatte ihn vor einiger Zeit sein Schwager am Telefon gefragt. Er schien etwas angeheitert gewesen zu sein. Aber er hatte sich geirrt. Seine Frau war gar nicht so verrückt, wie er sie darstellte.

»Warum arbeitest du eigentlich nicht im Laden deiner Schwester?« Dabei richtete er sich auf, vermied aber immer noch, sie anzusehen, und teilte ihr den eigentlichen Grund seines Besuches mit. »Das ist ihr ehrlicher Wunsch. Sie sagt, sie würde lieber dir das Gehalt zahlen als einer Fremden. Und sie zahlt generell gut. Ihr vertraut euch doch. Für sie wäre es ein beruhigendes Gefühl, dich um sich zu haben, und für dich wäre es weniger anstrengend als in einem Kaufhaus.«

Je länger er redete, desto mehr legte sich seine Aufregung. Es gelang ihm sogar, ihr in die Augen zu schauen. Er bemerkte, dass sie unbekümmert lächelte, ungefähr so wie ein buddhistischer Mönch. Zu sorglos für sein Dafürhalten. Diese Unbeschwertheit von jemandem, der so viel Schreckliches hatte erleben müssen, war beängstigend. Ihr Gesichtsausdruck beunruhigte ihn. Er machte sich nun Vorwürfe, dass er ihren nackten Körper angestarrt hatte, als sei sie ein Pin-up-Girl. Er konnte aber nicht leugnen, dass sich dieser Anblick für immer in sein Gedächtnis eingebrannt hatte.

»Probiere auch von den Birnen.« Sie schob ihm den Teller herüber.

»Iss du nur!«

Sie griff mit den Fingern nach einem Birnenschnitz und führte ihn zum Mund. Er wandte sich ab, um nicht in die Versuchung zu kommen, diese Frau, die so versonnen dasaß, in seine Arme zu ziehen, den klebrigen Birnensaft von ihren Fingern zu lecken, die Süße ihrer Lippen und ihrer Zunge zu kosten und ihr die weite Hose herunterzureißen.

*

»Warte!«, sagte er, während er seine Schuhe anzog. »Willst du nicht mitkommen?«

»Wohin?«

»Wir könnten spazieren gehen und uns unterhalten.«

»Ich werde über deinen Vorschlag nachdenken.«

»Nein, darum geht es nicht ... ich möchte dich etwas fragen.« Er konnte in ihrem Gesicht lesen, dass sie zögerte. Er wünschte sich, irgendwo anders zu sein, nur nicht in diesem Raum. Er wollte dem schmerzhaften Verlangen entkommen, das immer mehr Besitz von ihm ergriff.

»Du kannst doch hier mit mir sprechen.«

»Ich habe einfach Lust, mich zu bewegen, und du wirst noch ersticken, wenn du dich weiter hier vergräbst!«

Widerstrebend schlüpfte sie in ihre Sandalen und folgte ihm. Bis sie von der Gasse auf die nächstgrößere Straße eingebogen waren, sprachen sie kein Wort miteinander. Dort sah er eine Eisdiele und fragte seine Schwägerin: »Magst du Eiscreme?«

Sie lächelte leicht verschämt, wie ein junges Mädchen.

Sie gingen hinein und nahmen am Fenster Platz. Während sie mit der Zunge das Eis von einem Holzspatel leckte, betrachtete er sie schweigend. Als wäre ihre Zunge durch ein elektrisches Kabel mit seinem Körper verbunden, durchzuckte es ihn jedes Mal, wenn sie sie herausstreckte.

Daraufhin fällte er eine Entscheidung. Es gab nur eine Möglichkeit, dieser Hölle zu entfliehen, nämlich seine Phantasie in die Tat umzusetzen.

»Was ich dich fragen wollte ...«

Sie hatte gerade Eis auf der Zungenspitze, und ihre Augen weiteten sich. Unter ihren straffen Lidern war von ihren Augäpfeln gerade so viel zu sehen, dass sie weiß aufblitzten.

»Ich wollte dich fragen, ob du für mich Modell stehen würdest.«

Sie lachte nicht, schien auch nicht überrascht, sondern warf ihm einen gleichermaßen stoischen wie durchdringenden Blick zu.

»Warst du auf meiner letzten Ausstellung?«

»Ja.«

»Es soll ein Werk im gleichen Stil werden, eine Bildfolge in Form eines Videos. Ich würde nicht viel von deiner Zeit in Anspruch nehmen … Aber die Sache hat einen Haken … Du müsstest dich ausziehen.« Jetzt, wo es heraus war, wurde er immer mutiger. Er schwitzte nicht mehr, und auch das Zittern seiner Hände war weg. Sein Kopf fühlte sich kühl an, als hätte man einen Eisbeutel daraufgelegt. »Damit ich deinen Körper bemalen kann.«

Ihn immer noch seelenruhig musternd, fragte sie nach: »Und dann?«

»Das ist alles. Du bleibst einfach so bis zum Ende der Dreharbeiten.«

»Meinen Körper bemalen … Womit denn?«

»Mit Blumen.« Er meinte ein Flackern in ihren Augen zu bemerken, nur ganz flüchtig. Vielleicht hatte er es sich aber auch nur eingebildet. »Das sollte nicht allzu anstrengend sein … nur ein oder zwei Stunden. Wann immer es dir passt.«

Damit war alles gesagt. Er senkte verzagt den Blick und starrte auf sein Eis, das mit einem Haufen gehackter Erdnüsse und Mandeln garniert war und langsam vor sich hin schmolz.

»Wo soll das stattfinden?«, riss sie ihn aus seinen Gedanken. Sie hatte gerade den letzten Rest ihres Eises gegessen, und auf ihren Lippen glänzten Spuren weißer Sahne.

»Ich werde einen Freund fragen, ob ich sein Atelier benutzen darf.«

Ihre Miene war dermaßen regungslos, fast totenstarr, dass es unmöglich war, ihre Gedanken zu lesen.

»Deine … deine Schwester …«, stotterte er – er hasste sich für das, was er jetzt sagen musste, aber er hatte keine Wahl, »… weiß nichts davon.«

Keine Reaktion. Mit angehaltenem Atem suchte er nach irgendeinem Zeichen dafür, wie er ihre Stille zu deuten hatte.

*

Dank eines hohen Fensters war Ms Atelier sonnendurchflutet und warm. Mit fast dreihundert Quadratmeter Fläche wirkte es wie eine Kunstgalerie. Die Gemälde seines Besitzers hingen an exponierten Stellen, und seine Pinsel lagen bemerkenswert ordentlich in Reih und Glied. Es juckte ihn in den Fingern, sie zu benutzen, obwohl er alles mitgebracht hatte, was er brauchte.

Er hatte einen Ort gesucht, an dem er Tageslicht haben würde. Deswegen hatte er sich mit M in Verbindung gesetzt, den er von der Akademie kannte, der aber nicht zu seinem engeren Freundeskreis zählte. Dieser hatte mit seinen zweiunddreißig Jahren bereits eine Professur an einer Universität in Seoul inne. Man sah ihm den Professorentitel an, angefangen von seinem Habitus bis zu seiner Kleidung.

»Ich war ganz überrascht, als du mich angerufen hast!«, sagte M bei der Übergabe des Atelierschlüssels vor gut einer Stunde. Er hatte für sie beide Tee gemacht. »Ich freue mich, dir diesen Gefallen tun zu können. Ich verbringe ohnehin die meiste Zeit an der Uni.«

Als er von M den Schlüssel in Empfang nahm, bemerkte er mit einer gewissen Befriedigung, dass sein Kollege mehr Bauch angesetzt hatte als er selbst. Aus der Leibesfülle seines Gastgebers zog er einen kindischen Trost. Es beruhigte ihn, dass auch dieser mit Begierden, den damit verbundenen Ängsten und dem daraus resultierenden Frust zu kämpfen hatte. Sein Bekannter fühlte sich, obwohl er es offenbar gut zu verbergen verstand, sicherlich nicht wohl mit seinem Schmerbauch und trauerte den alten Zeiten nach, als sein Körper noch jugendlich schlank war.

Die Bilder, die vor dem Fenster standen und die er im Übrigen nur mittelmäßig fand, stapelte er in einer Ecke an der Wand. Dann breitete er ein weißes Laken auf dem sonnenbeschienenen Parkettboden aus. Um einen Eindruck davon zu bekommen, was sie sehen und wie sie sich fühlen würde, wenn er sie dort drapierte, legte er sich kurz darauf: Er sah Deckenbalken und hinter den Fensterscheiben den Himmel. Er spürte, wie hart und kalt der Boden unter seinem Rücken war, was durch das Laken nur leicht abgemildert wurde. Dann drehte er sich auf den Bauch und betrachtete die Bilder, den kalten Schatten auf dem Parkett, die Asche im verloschenen Kamin …

Er breitete seine Malutensilien aus, prüfte die Batterie in seiner Kamera, eine PD100, richtete die Scheinwerfer aus, die er aber nur einsetzen wollte, falls es länger dauerte und draußen dunkel wurde, nahm sein Skizzenbuch heraus, verstaute es wieder im Rucksack, zog die Jacke aus und krempelte die Ärmel hoch. Dann wartete er. Gegen drei zog er Jacke und Schuhe wieder an und ging zur nahe gelegenen U-Bahn-Station, an der seine Schwägerin um diese Uhrzeit eintreffen sollte. Auf seinem Weg dorthin sog er in vollen Zügen die Luft ein, da sich das Atelier in einem Vorort befand, wo die Luftverschmutzung gering war.

Sein Handy klingelte.

»Ich bin's.« Es war seine Frau. »Ich werde heute Abend später kommen. Die Studentin, die hier bei mir im Laden arbeitet, ist wieder mal nicht da! Ziu muss vor sieben vom Kindergarten abgeholt werden.«

Er antwortete bestimmt: »Ich kann nicht. Ich bin bis mindestens neun Uhr beschäftigt.«

Er hörte sie seufzen. »Na gut, ich werde die Frau von 709 bitten, sich bis dahin um Ziu zu kümmern.«

Damit war das Gespräch zu Ende. Das Einzige, was sie noch verband, worüber sie noch sprachen, war ihr Sohn.

Als er einige Tage zuvor von seiner Schwägerin zurückgekommen war, aufgewühlt von seinem peinigenden Verlangen, hatte er sich in der Dunkelheit an seine Frau geschmiegt. Sie war erstaunt gewesen über seine Leidenschaft, die er ihr gegenüber noch nicht einmal zu Beginn ihrer Ehe an den Tag gelegt hatte. Auch er war überrascht.

»Was ist mit dir los?«

Er hatte ihr den Mund verschlossen, um nicht ihre nasale Stimme hören zu müssen. Die Nase seiner Frau, ihre Lippen und der Nacken, die im Dunkeln nur zu erahnen waren, erinnerten ihn an ihre Schwester. Deren Bild drängte sich mit aller Macht in sein Bewusstsein. Er zog seiner Frau die Unterwäsche aus und knabberte etwas an ihren steifen Brustwarzen.

Vor seinem geistigen Auge schwebten kleine blaue Blüten, und jedes Mal, wenn sie drohten zu verwelken, wo sie doch gerade erst erblüht waren, schloss er die Augen, um das Gesicht seiner Frau auszublenden.

Nachdem es vorbei war, hatte sie geweint. Er konnte

nicht sagen, ob der Grund dafür die Leidenschaft oder etwas anderes war.

»Ich habe Angst«, murmelte sie und drehte ihm den Rücken zu. Oder hatte sie gesagt: »Du machst mir Angst«? Er war kurz davor, in einen komatösen Schlaf hinüberzugleiten, weswegen er sich nicht sicher war, ob diese Worte wirklich aus ihrem Mund gekommen waren. Er wusste auch nicht, wie lange sie noch geweint hatte.

Am darauffolgenden Morgen hatte sie sich wie immer verhalten, in ihren Augen war kein Vorwurf zu lesen gewesen. Auch gerade eben am Telefon war ihre Stimme nicht anders als sonst. Die Nacht schien überhaupt keine Spuren hinterlassen zu haben. Er fühlte sich trotzdem etwas unbehaglich, wegen ihrer Art zu sprechen, so sanft, dass es fast unmenschlich wirkte, und wegen ihrer ständigen Seufzer. Er beschleunigte seine Schritte, um seine Unruhe zu verscheuchen.

Er hatte nicht damit gerechnet, dass ihn seine Schwägerin bereits am U-Bahn-Ausgang erwarten würde. Sie saß etwas erschöpft im Eingangsbereich, als sei sie schon eine Weile dort. Der dicke braune Pulli, den sie zu ihrer abgetragenen Jeans trug, unterschied sie von den anderen Passanten. Sie war gekleidet, als wäre noch Winter. Er stand eine Weile da, ohne sich bemerkbar zu machen, und bewunderte überwältigt ihr Gesicht und ihren Körper.

*

»Zieh dich bitte aus«, bat er sie.

Sie stand am Fenster und starrte hinaus auf die Pappeln. Die Strahlen der Nachmittagssonne umspielten zart das weiße Laken. Sie zeigte keine Reaktion. Er fragte sich, ob sie ihn überhaupt gehört hatte, und wollte seine Bitte gerade wiederholen, als sie die Arme hob und den Pulli auszog, gefolgt von ihrem T-Shirt. BH trug sie keinen. Sie streifte die Jeans ab und entblößte ihr weißes Gesäß.

Dessen Anblick ließ ihn die Luft anhalten. Oberhalb der beiden Rundungen sah er Grübchen, im Volksmund Engelslächeln genannt, und auf der linken Seite einen Fleck von der Größe eines Daumens. Wie war es möglich, dass sie ihn noch hatte? Er konnte es kaum glauben. Es handelte sich wirklich um einen Mongolenfleck, von einem fahlen Grün, wie bei einer Prellung. Eine Reminiszenz an die graue Vorzeit, als die Evolution der Arten gerade erst begonnen hatte, gewissermaßen ein Überbleibsel der Photosynthese. Auf alle Fälle etwas Pflanzliches, nichts Sexuelles.

Es dauerte eine ganze Weile, bis er seine Augen davon abwenden konnte und den Rest ihres Körpers erforschte. Die Ruhe, die sie ausstrahlte, war beeindruckend, wenn man bedachte, dass sie noch nie Modell gestanden hatte und vor allem nicht in Gegenwart ihres Schwagers. Plötzlich fiel ihm ein, dass man sie am Morgen nach ihrem Selbstmordversuch halbnackt am Krankenhausbrunnen gefunden hatte. Aus diesem Grund hatte man sie auch auf die geschlossene Abteilung verlegt. Ihre Entlassung wurde danach immer wieder hinausgeschoben, weil sie sich bei jedem Sonnenstrahl auszog.

»Soll ich mich setzen?«, fragte sie.

»Nein, leg dich auf den Bauch«, murmelte er kaum verständlich.

Sie folgte seiner Anweisung. Er rührte sich nicht von der Stelle. Mit gerunzelter Stirn versuchte er herauszufinden, warum ihn der Anblick des Mals derart erschüttert hatte.

»Warte, bleib so!« Er befestigte seine Kamera auf dem Stativ und richtete sie so ein, dass ihr Körper im Zentrum des Suchers war. Dann nahm er Pinsel und Palette zur

Hand. Er wollte alles von Anfang an filmen, einschließlich des Bemalens.

Er schob ihre Haare zur Seite, so dass Schultern und Nacken freilagen, und fing dort an zu malen. Leicht geöffnete purpurfarbene und rote Knospen bedeckten bald ihre Schultern und ihren Rücken. Feine Ranken wanden sich an den Seiten entlang. Auf der rechten Gesäßbacke erblühten knallrote Blumenkelche, die den Blick auf leuchtend gelbe Blütenstempel freigaben. Die Stelle auf der linken Gesäßbacke, an der sich der Mongolenfleck befand, ließ er frei. Stattdessen malte er in hellerem Grün eine Art Rahmen darum herum, um den Fleck hervorzuheben.

Ihre Haut reagierte mit einem leichten Zittern auf die Berührungen des Pinsels, was wiederum ihn erschauern ließ. Nicht aus purem sexuellen Verlangen, sondern wegen eines tief in ihm verankerten Gefühls, das ihn zunehmend elektrisierte.

Als er alle Ranken über die Oberschenkel bis zu den Knöcheln fortgeführt und mit Blättern versehen hatte, war er schweißgebadet.

»Fertig!«, rief er aus. »Bleib noch ein bisschen in dieser Haltung!«

Er löste die Kamera vom Stativ und machte nun Nahaufnahmen. Er betätigte den Zoom und ließ die Linse formatfüllend über jede Blume, den Nacken, die unordentlichen Haare, die gegen das Laken gepressten und eine gewisse Anspannung verratenden Hände bis zu dem mit dem Mongolenfleck geschmückten Gesäß wandern. Danach schaltete er die Kamera aus.

»Das war's fürs Erste. Du kannst wieder aufstehen.«

Erschöpft ließ er sich auf ein Sofa fallen, das vor dem Kamin stand. Sie dehnte ihre offensichtlich verspannten Muskeln, indem sie sich auf die Ellenbogen aufstützte.

»Ist dir nicht kalt?« Er stand auf, wischte sich den Schweiß ab und legte ihr dann seine Jacke um die Schultern. »War es anstrengend?«

Sie lächelte ihn an. Nur kurz, aber unübersehbar, als könne sie nichts erschüttern und nichts überraschen. In diesem Moment verstand er, warum es ihn so überwältigt hatte, sie da liegen zu sehen. Es war der Körper einer bezaubernden jungen Frau, bar jeden Verlangens und eigentümlich schön. Die Eigentümlichkeit bestand aus einer ihm fremden Leichtigkeit, die gleichzeitig aber auch Stärke vermittelte. Die Sonnenstrahlen, die durch das Fenster drangen, zerfielen in kleinste Partikel und schienen unmerklich jede Facette dieses schönen Körpers herauszuarbeiten. Überwältigt von einer Vielzahl an heftigen Gefühlen, spürte er, wie der Druck, der seit einem Jahr auf ihm lastete, von ihm wich.

*

Sie hielt mit beiden Händen einen dampfenden Becher umfasst. Ihre Hose hatte sie wieder angezogen und die Jacke ihres Schwagers noch um die Schultern gelegt. Die nackten Füße berührten kaum den Boden.

»Ist dir wirklich nicht kalt?«, fragte er sie noch einmal.

Sie schüttelte den Kopf.

»Es war auch nicht zu anstrengend?«

»Ich hatte ja nichts zu tun, und der Boden fühlte sich ziemlich warm an.«

Erstaunlicherweise war sie gar nicht neugierig, was wohl der Grund dafür war, dass sie jeder Situation gelassen gegenübertrat. Sie machte keine Anstalten, den ihr unbekannten Ort zu erkunden, und zeigte auch keinerlei gewöhnliche Gemütsregungen. Man konnte fast meinen, sie betrachte alles, was ihr passierte, aus der Warte eines außenstehenden Beobachters. Vielleicht gingen in ihr aber auch Dinge vor, die sich kein anderer vorstellen konnte. Dinge, die ihr das Leben so unerträglich machten, dass sie keine Energie mehr aufbringen konnte, sich für etwas zu interessieren, etwas entdecken zu wollen oder auf etwas zu reagieren. Das war natürlich nur eine Vermutung, da ihre Augen weder stumpf noch passiv blickten, sondern zugleich Wildheit und Selbstbeherrschung widerspiegelten. Immer noch den heißen Becher in Händen, betrachtete sie nun ihre Füße, vornübergeneigt wie ein erstarrtes Küken. Sie wirkte nicht mitleiderregend, aber er fühlte sich trotzdem unwohl, sie dort einsam sitzen zu sehen. In der Dämmerung konnte er nur ihren Umriss erkennen.

Er stellte sich das Gesicht ihres Exmannes vor, den er nie gemocht hatte und den er von nun an auch nicht mehr Schwager nennen musste. Stellvertretend für die junge Frau fühlte er sich gekränkt, allein durch die Tatsache, dass ihr Körper von diesem Mann begehrt worden war. Ein nüchterner Typ, der nur Durchschnittlichkeit und Oberflächlichkeit schätzte und über dessen schmale Lippen nichts als Binsenweisheiten gekommen waren. Hatte der, unsensibel, wie er war, den Mongolenfleck jemals bemerkt? Er stellte sich die beiden vor, wie sie mit nackten Körpern beieinanderlagen, und war der Meinung, dass sie das als Erniedrigung, Beschmutzung und Vergewaltigung empfunden haben musste.

Nachdem sie die Tasse geleert hatte, stand sie auf, was ihn veranlasste, das Gleiche zu tun. Sie reichte ihm den Becher, den er auf den Tisch stellte. Dann wechselte er die Kassette in der Kamera und befestigte das Gerät wieder auf dem Stativ.

»Wollen wir uns wieder an die Arbeit machen?«

Sie nickte zustimmend und war schon auf dem Weg zum

Laken. Da das Tageslicht nachgelassen hatte, platzierte er einen Scheinwerfer an dessen Fußende.

Sie entkleidete sich wieder und streckte sich auf dem Laken aus. Durch die partielle Beleuchtung lag ihr Oberkörper im Schatten. Trotzdem kniff er wie geblendet die Augen zusammen. Er hatte zwar ihre Vorderseite schon einmal flüchtig nackt gesehen, aber erst jetzt hatte er die Zeit, deren grenzenlose Schönheit in sich aufzunehmen. Sie stand der des Rückens in nichts nach. Das berührte ihn so tief, dass es ihm die Tränen in die Augen trieb. Die durch ihren mageren Körper hervorgehobenen Schlüsselbeine, die knabenhaften Brüste, die im Liegen noch flacher wirkten, ihre sich abzeichnenden Rippen des Brustkorbs, die leicht geöffneten Schenkel, die jedoch keine Sinnlichkeit ausstrahlten, und schließlich ihr völlig ausdrucksloses Gesicht, das trotz der geöffneten Augen zu träumen schien. Ein Körper ohne Schnörkel, der aber viele Geschichten zu erzählen schien. Er hatte nie zuvor etwas Vergleichbares gesehen.

Dieses Mal verwendete er die Farben Gelb und Weiß, um üppige Blumenbüschel vom Schlüsselbein bis zu den Brüsten zu malen. Während er die Rückenansicht mit Nachtschattengewächsen gestaltet hatte, handelte es sich bei diesen hier um Tagblütler. Auf dem flachen Bauch ließ er orange Taglilien erblühen, und goldene Blätter ergossen sich wild bis zu den Schenkeln hinab.

Er horchte in sich hinein. In ihm war eine Saite zum Klingen gebracht worden, die er nicht kannte. Eine überbordende Freude, die aus der Spitze seines Pinsels kam, wie er sie während der ganzen vierzig Jahre seines Lebens noch nie gespürt hatte. Er wollte dieses Gefühl so lange wie möglich auskosten. Obwohl ihr Gesicht den Eindruck erweckte, sie schliefe, sagte ihm das Zittern, sobald er mit dem Pinsel über ihre Schenkel strich, dass sie sehr wohl wach und sehr empfindsam war. Für ihn war diese Frau, die das hier so unbefangen mitmachte, ein göttliches Wesen, weder Mensch noch Tier, eher irgendetwas zwischen Pflanze und Urwild.

Schließlich legte er den Pinsel beiseite und bewunderte den Körper, auf dem nun eine Blütenpracht erstrahlte. Darüber vergaß er ganz das Filmen. Das Licht wurde immer schwächer, und der Schatten des Spätnachmittags legte sich zusehends über Yong-Hyes Gesicht. Er riss sich zusammen und richtete sich auf.

»Leg dich bitte auf die Seite.«

Langsam, als bewege sie sich zu einem Wiegenlied, beugte sie den Arm und zog die Beine an, bevor sie sich wie verlangt drehte. Er filmte ihre Seite entlang bis zu der sanft geschwungenen Hüfte. Dann schwenkte er zu den Nachtblüten auf dem Rücken und danach als Kontrast zu den Blumen auf der Vorderseite. Am Schluss wanderte er zu dem Mongolenfleck, der in diesem fahlen Licht nur noch ein grüner Widerschein seiner selbst war. Dann ging er, entgegen seinen Vorsätzen, nach kurzem Zögern zu ihrem Gesicht über, das zum Fenster gewandt war und mittlerweile ganz im Schatten lag. Die Lippen ohne klare Kontur, die Schatten unter den prominenten Wangenknochen, die breite Stirn zwischen den unordentlichen Haarsträhnen und die leeren Augen.

*

Sie wartete mit verschränkten Armen im Eingangsbereich, während er seine Sachen im Kofferraum des Wagens verstaute. Nachdem er den Schlüssel, wie mit M vereinbart, auf dem Treppenabsatz in einen Wanderschuh gelegt hatte, sagte er: »Fertig. Lass uns gehen.«

Über ihrem Pullover trug sie immer noch seine Jacke, aber trotzdem zitterte sie, als sei ihr kalt.

»Möchtest du bei dir in der Gegend noch essen gehen? Oder gleich hier, falls du sehr hungrig bist?«

»Ich bin nicht hungrig … Aber, geht das mit Wasser wirklich ab?«, fragte sie, mit dem Finger auf ihre Brust zeigend, als gäbe es nichts Wichtigeres auf der Welt.

»Na ja, es wird nicht sofort abgehen. Du wirst dich mehrmals waschen müssen …«

Sie fiel ihm ins Wort: »Ich möchte, dass es bleibt.«

Entgeistert starrte er sie an.

Sie machten sich auf und suchten in den Gassen nach einem Restaurant. Da sie kein Fleisch aß, wählten sie eines aus, dessen Schild buddhistische Küche versprach. Sie bestellten ein Menü für zwei Personen und erhielten ungefähr zwanzig hübsch angerichtete kleine Teller und zwei Steintöpfe Reis mit Hanfwurzel und Kastanien. Er sah ihr beim Essen zu, und ihm wurde bewusst, dass er ihren nackten Körper während der vier Stunden Modellstehens nicht ein einziges Mal berührt hatte. Es war von Anfang an vereinbart gewesen, dass er sie unbekleidet filmte, nicht mehr und nicht weniger. Nun überraschte es ihn, dass er kein Verlangen danach gehabt hatte, sich zu ihr zu legen.

Erst als er sie jetzt betrachtete, wie sie, eingehüllt in ihren dicken Pullover, den Löffel zum Mund führte, musste er feststellen, dass das Wunder des Nachmittags vorbei war. Es gelang ihm nicht länger, das schmerzliche Verlangen, das er nun über ein Jahr mit sich herumgetragen hatte, zu unterdrücken. Er sah sich schon mit seinen Lippen von ihrem Mund Besitz ergreifen, sie gewaltsam zu Boden werfen und sich auf sie stürzen, woraufhin ein Aufschrei durch das Restaurant gehen würde. Schnell beugte er sich über seine

Schüssel, schlang den Reis hinunter und fragte: »Warum isst du eigentlich kein Fleisch? Das wollte ich dich schon die ganze Zeit fragen, habe mich aber nicht getraut.«

Ihre Stäbchen, die sie gerade in die Mungbohnensprossen tauchen wollte, hielten mitten in der Bewegung inne, und sie sah ihn an.

»Du musst mir nicht antworten, wenn es zu kompliziert ist«, sagte er hastig, während er gleichzeitig gegen die erotischen Gedanken ankämpfte, die sich in seinem Gehirn breitmachten.

»Es ist nicht kompliziert. Aber du wirst es nicht verstehen«, erklärte sie, Gemüse kauend. »Es ist wegen der Träume.«

»Der Träume?«

»Ich habe Träume … Deswegen esse ich kein Fleisch.«

»Wovon träumst du denn?«

»Von Gesichtern.«

»Von Gesichtern?«

Als Reaktion auf seine Verblüffung lachte sie leise, was ihm etwas unheimlich vorkam. »Ich habe doch gesagt, du würdest es nicht verstehen.«

Er traute sich nicht zu fragen: »Warum hast du deine nackten Brüste in die Sonne gereckt? Wie ein Lebewesen, das die Photosynthese braucht. Auch wegen eines Traumes?«

Nachdem er den Wagen vor ihrem Wohnhaus angehalten hatte, war er zusammen mit ihr ausgestiegen.

»Danke für alles.«

Sie lächelte ihn an. Es war das zufriedene Lächeln eines nachdenklichen Menschen, und es erinnerte ihn ein wenig an ihre Schwester. Er dachte: Man könnte fast meinen, sie sei eine ganz normale Frau. Um sich gleich darauf zu korrigieren: Sie ist eine ganz normale Frau. Ich bin derjenige, der neben der Spur ist!

Nach einem kurzen Nicken verschwand sie im Hauseingang. Vergeblich wartete er darauf, dass bei ihr das Licht anging. Er stellte sich ihre Wohnung vor und wie sie im Dunkeln unter die Bettdecke schlüpfte, ohne ihren Körper gewaschen zu haben. Den Körper mit der üppigen Blumenpracht, der noch vor ein paar Minuten neben ihm gewesen war. Er hatte ihn nicht berührt, und das quälte ihn jetzt.

*

Als er an der Wohnung Nummer 709 klingelte, war es genau zwanzig nach neun.

»Ziu ist gerade eingeschlafen. Er hat ununterbrochen nach seiner Mama gerufen«, erklärte leise die Frau, die ihm die Tür geöffnet hatte. Ein kleines Mädchen, zweite oder dritte Grundschulklasse, mit einem von Zöpfen eingerahmten Gesicht streckte ihm einen Plastikbagger entgegen. Er bedankte sich bei ihr und verstaute ihn in seinem Rucksack. Dann ging er zu seiner eigenen Wohnung, Nummer 710, um die Haustür aufzusperren, bevor er zurückkam und seinen schlafenden Sohn vorsichtig auf den Arm nahm. Der Weg vom anderen Ende des Ganges bis in das Kinderzimmer erschien ihm endlos lang. Sein fünfjähriger Sprössling war immer noch ein Daumenlutscher und nuckelte in diesem Augenblick hingebungsvoll an seinem Finger. Nachdem er das Kind hingelegt hatte, war dies das einzige Geräusch, das im Raum zu hören war.

Er ging ins Wohnzimmer und machte das Licht an. Dann schloss er die Wohnungstür und ließ sich auf dem Sofa nieder. Nach kurzem Nachdenken erhob er sich wieder und verließ das Apartment. Er fuhr mit dem Fahrstuhl nach unten und setzte sich in sein Auto. Einen Augenblick verharrte er bewegungslos, den Rucksack mit den beiden Videokassetten und dem Skizzenbuch in der Hand. Dann rief er seine Frau an.

»Was ist mit dem Kleinen?«, fragte sie sofort. Ihre Stimme klang ernst.

»Er schläft.«

»Hat er etwas gegessen?«

»Ich denke schon. Er schlief schon, als ich kam.«

»Gut, ich werde gegen elf Uhr zu Hause sein.«

»Er schläft tief und fest … Also denke ich …«

»Ja?«

»Ich werde auf einen Sprung ins Büro gehen … Ich möchte unbedingt eine Arbeit beenden.«

Sie sagte nichts darauf.

»Ich glaube nicht, dass er aufwachen wird. Er schläft wie ein Murmeltier. Im Moment schläft er doch immer durch.«

»…«

»Bist du noch dran?«

»Schatz …« Zu seinem größten Erstaunen schien sie zu weinen. Das kam bei ihr selten vor, da sie sich vor anderen keine Blöße geben wollte. War sie allein im Geschäft? »Geh nur, wenn du unbedingt willst.« Anscheinend hatte sie sich wieder im Griff, aber er hörte einen beunruhigten Unterton aus ihrer Stimme heraus, den er nicht kannte. »Ich schließe jetzt den Laden und komme.«

Sie legte auf. Noch nie hatte sich seine höfliche Frau so verhalten, selbst wenn sie sehr gehetzt war. Er saß da, das Handy in der Hand, und fühlte sich plötzlich schuldig. Er dachte kurz daran, in die Wohnung zurückzukehren und auf seine Frau zu warten, besann sich aber dann anders und startete den Motor. Sie würde um diese Uhrzeit nicht länger als zwanzig Minuten nach Hause brauchen, und es war sehr unwahrscheinlich, dass sein Sohn unterdessen aufwachte. Vor allem hatte er keine Lust, in der stillen Wohnung auszuharren, und schon gar nicht, seine Frau zu sehen, deren verstörtes Gesicht er sich lebhaft vorstellen konnte.

Im Atelier traf er noch J an.

»Du kommst heute spät. Ich bin gerade auf dem Sprung.«

Er beglückwünschte sich zu seinem Entschluss. Es kam selbst am Abend selten vor, dass er die Räumlichkeiten für sich allein hatte, da seine vier Kollegen alle Nachteulen waren.

Während J seine Sachen zusammenpackte und den Mantel anzog, fuhr er schon den Computer hoch. Beim Anblick der beiden Videokassetten schien J überrascht.

»Du hast gearbeitet?«

»Ja.«

Der andere verkniff sich einen Kommentar, lächelte und meinte nur: »Du zeigst es mir doch, wenn es fertig ist?«

»Ja, klar.«

J hob die Hand zum Gruß und marschierte demonstrativ schwungvoll davon, um zu verstehen zu geben, dass er das Feld räumte. Er lachte und wurde sich, erst als sein Lachen verklungen war, bewusst, dass er schon ewig nicht mehr gelacht hatte.

*

Nach einer durchwachten Nacht holte er schließlich das Masterband aus dem Laufwerk und schaltete den Computer ab.

Das Ergebnis des Drehs übertraf seine Erwartungen. Die Beleuchtung, die Stimmung und die Bewegungen waren absolut fesselnd, geradezu atemberaubend. Einen Moment lang dachte er darüber nach, welche Musik er zur Untermalung verwenden sollte, beschloss dann aber, dass gerade die absolute Stille den Reiz ausmachte. Die Harmonie der geschmeidigen Körperbewegungen, der Blumen auf der Haut, des Mongolenflecks und der Stille zeugte von etwas Essentiellem, Zeitlosem.

Zum ersten Mal seit langem hatte er sich, gegen die Müdigkeit ankämpfend, in die Arbeit gestürzt und während der langwierigen Bearbeitung der Bänder ein ganzes Päckchen Zigaretten geraucht. Am Ende war das Werk genau vier Minuten und fünfundfünfzig Sekunden lang. Es begann mit seiner Hand und dem Prozess des Malens, blieb einen Moment bei dem Mongolenfleck und endete mit dem Gesicht, das leer wie eine Wüste war und das man wegen der Dunkelheit nicht erkennen konnte.

Auf dem Masterband vermerkte er: »Mongolenfleck 1 – Blumen der Nacht und des Tages«. Dabei kamen lang vergessene Gefühle in ihm auf: Die Erschöpfung nach einer durcharbeiteten Nacht, das Prickeln auf seiner Haut wie von tausend Sandkörnern, die Fremdartigkeit aller Gegenstände in seiner Umgebung.

Daraufhin schoben sich Bilder vor sein inneres Auge. Bilder von einer Person, die er vermisste, Bilder, die er nicht gewagt hatte aufzunehmen, Bilder, die er, falls er sie je aufnehmen sollte, folgendermaßen betiteln würde: »Mongolenfleck 2«. Die einzigen Bilder, nach denen er sich wirklich sehnte. Bilder, die die Vereinigung eines kunstvoll bemalten Paares zeigten, eines Mannes und einer Frau in kosmischer Stille. Bilder vom Verschmelzen der Körper und von freizügigen Berührungen, mal hitzig, mal sanft. Eine Großaufnahme der Geschlechtsteile. Bilder, die gerade wegen ihrer schonungslosen und extremen Natur eine reinigende Ruhe ausstrahlten.

Während er noch mit dem Masterband beschäftigt war,

dachte er nach. Wenn er einen Mann zusammen mit seiner Schwägerin filmen wollte, dann musste es jemand anderes als er selbst sein. Er war sich nur allzu sehr seines schlaffen Bauches bewusst, der Fettpolster an den Hüften, seiner runzligen Gesäßbacken und Schenkel.

Statt nach Hause zu fahren, ging er in eine Sauna in der Nähe. Während er das weiße kurze Hemd und die Shorts anzog, die man ihm am Eingang überreicht hatte, betrachtete er nüchtern sein Spiegelbild. Er würde nicht der Liebhaber sein, das war sicher. Aber wer dann? Wen könnte er bitten, mit seiner Schwägerin zu schlafen? Da er keinen Softporno drehen wollte, nützte es nichts, nur so zu tun, als ob. Es musste echt sein, der Mann musste wirklich in die Frau eindringen. Nur wer? Wer würde sich darauf einlassen? Wie sollte er Yong-Hye überzeugen?

Er wusste, er stand an einer Grenze. Aber er konnte und wollte nicht stehen bleiben.

In der dampfgefüllten Sauna versuchte er, etwas zu schlafen. Der feuchte, warme Ort tat seinen angespannten Gliedmaßen gut. Er beschwor eine laue Sommernacht herauf. Seine Kraft war erschöpft, nur die Bilder, nach denen er sich sehnte, hüllten seinen müden Körper ein wie ein warmer Glanz.

*

Kurz bevor er aus seinem Kurzschlaf erwachte, war sie plötzlich da.

Ihre Haut war hellgrün. Sie lag vor ihm wie ein Blatt, das von einem Ast heruntergefallen war und anfing dürr zu werden. Der Mongolenfleck war verschwunden, dafür war sie jetzt am ganzen Körper gleichmäßig grün.

Er drehte sie um. Ein starkes Licht, das von ihrem Gesicht zu kommen schien, blendete ihn, weswegen er ihren

Oberkörper nicht sehen konnte. Mit beiden Händen zog er ihre Schenkel auseinander. Die Spannung in ihren Beinen sagte ihm, dass sie nicht schlief. Als er in sie eindrang, rann eine grüne Flüssigkeit aus ihrer Vagina heraus. Ähnlich dem Saft eines Blattes, wenn man es zerdrückt. Ein Duft nach Kräutern, angenehm und herb zugleich, erschwerte ihm das Atmen. Dann löste er sich von ihr, um den Orgasmus hinauszuzögern, und entdeckte, dass sein Glied ganz grün war. Der frische Saft hatte seinen Intimbereich bis zu den Schenkeln verfärbt. Es war nicht eindeutig zu erkennen, ob die Flüssigkeit auch von ihm oder nur von ihr stammte.

*

Sie war am anderen Ende der Leitung, schwieg aber.

»Yong-Hye …«

»Ja.«

Glücklicherweise hatte sie sich mit ihrer Antwort nicht allzu lange Zeit gelassen. Deutete das etwa darauf hin, dass sie sich freute, von ihm zu hören? Schwer zu sagen.

»Hast du dich gestern gut erholt?«

»Ja.«

»Ich möchte dir eine Frage stellen.«

»Sprich.«

»Hast du die Bemalung abgewaschen?«

»Nein.«

Er stieß einen erleichterten Seufzer aus.

»Könntest du sie noch behalten? Zumindest bis morgen? Ich bin nicht ganz fertig geworden. Ich denke, ich bräuchte noch eine weitere Sitzung.«

»Ich habe mich nicht gewaschen, weil ich nicht wollte, dass es verschmiert«, antwortete sie völlig emotionslos. »Dank der Bemalung habe ich nichts geträumt. Ich möchte, dass du es neu machst, wenn es zu verblassen beginnt.«

Er verstand nicht genau, was sie damit sagen wollte, aber er umklammerte den Telefonhörer fester. Das ist ein gutes Zeichen, sagte er sich. Wenn sie so darüber dachte, dann würde sie seinem Vorschlag vielleicht zustimmen. In allen Punkten zustimmen.

»Könntest du morgen ins gleiche Atelier wie gestern kommen?«

»Einverstanden.«

»Da wird auch noch jemand anderes sein. Ein Mann.«

»…«

»Er wird auch nackt sein, und ich werde ihn ebenfalls mit Blumen bemalen. Würde dich das stören?« Er wartete. Er war nicht beunruhigt, da ihn die Erfahrung gelehrt hatte, dass ihr Schweigen in der Regel Zustimmung bedeutete.

»Einverstanden.«

Nachdem er eingehängt hatte, lief er mit gefalteten Händen im Wohnzimmer auf und ab. Es war niemand da gewesen, als er gegen drei nach Hause kam. Seine Frau war im Laden und sein Sohn im Kindergarten. Er hatte darüber nachgedacht, wie er es seiner Frau erklären sollte, schließlich aber beschlossen, erst einmal seine Schwägerin anzurufen.

Jetzt konnte er nicht mehr anders, als sich bei seiner Frau zu melden.

»Wo bist du?« Ihre Stimme klang eher verstört als frostig.

»Bei uns daheim.«

»Lief es gut mit deiner Arbeit?«

»Sie ist noch nicht ganz fertig. Ich werde noch bis morgen Abend brauchen.«

»Na gut … jetzt erhol dich erst einmal in Ruhe.«

Das Gespräch war beendet. Er hätte sich besser gefühlt, wenn sie wütend geworden wäre, ihn angeschrien und beschimpft hätte. Ihre Nachgiebigkeit, gepaart mit einer gewissen Niedergeschlagenheit, beunruhigte ihn. Es war ihm klar, dass dies das Resultat der Freundlichkeit und Gutmütigkeit seiner Frau war. Sie versuchte verzweifelt, ihn zu verstehen und zu respektieren. Und ihm war durchaus bewusst, dass er egozentrisch und unverantwortlich war. Aber genau in diesem Moment hatte er Lust, einfach nur laut zu schreien, da ihn ihre Geduld und Güte erstickten und dafür sorgten, dass er sich zunehmend schlechter fühlte.

Sobald er seine widerstreitenden Gefühle – Schuld, Bedauern, Zaudern – unter Kontrolle hatte, wählte er Js Handynummer.

»Kommst du heute Abend?«, fragte dieser.

»Nein, ich habe die ganze Nacht gearbeitet und muss mich ausruhen.«

»Ich verstehe.«

J strahlte Selbstvertrauen, Jugendlichkeit und die Ungezwungenheit eines Mannes unter dreißig aus. In Gedanken hatte er ihn schon ausgezogen. Er war nicht sonderlich kräftig gebaut, um nicht zu sagen mager, aber eine ansehnliche Erscheinung. Das würde schon passen.

»Ich möchte dich um einen Gefallen bitten.«

»Worum geht's?«

»Hast du morgen Zeit?«

»Ich bin zum Abendessen verabredet.«

»Das wird nicht länger als zwei oder drei Stunden dauern, am Nachmittag. Bis zum Abend sind wir garantiert fertig«, erklärte er J. Dann fügte er, einer Eingebung folgend, hinzu: »Wolltest du nicht sehen, an was ich gestern gearbeitet habe?«

»Gern«, bejahte J sofort.

»Dann sehen wir uns gleich in unserem Kelleratelier.« Er gab J die Adresse und legte auf.

Er hoffte, dass der Video-Take, an dem er die ganze Nacht gearbeitet hatte, dem Geschmack des akribischen Ästheten J entsprach und seine Neugier weckte. Von Haus aus gutmütig, tat dieser sich außerdem schwer, nein zu sagen, vor allem, wenn ein Kollege ihn um etwas bat. Er hatte also ein gutes Vorgefühl, obwohl er sich seiner Sache natürlich nicht sicher war.

*

J kam früher als erwartet. Er schien ungeduldig zu sein, obwohl er normalerweise jemand war, der sich nicht hetzte, gemäß seiner Devise: »Take it easy.«

»Ich habe Lampenfieber.«

Während er J Kaffee machte, stellte er sich ihn noch einmal unbekleidet vor. Er sah nicht schlecht aus und würde zusammen mit seiner Schwägerin ein schönes Paar abgeben.

Am vorherigen Nachmittag war dieser bei der Betrachtung des Videotapes ganz aufgeregt gewesen. »Das ist unglaublich … Fast magisch! Wie ist es dir gelungen, so etwas zu schaffen? Ich hatte dich bisher für einen eher einseitigen Künstler gehalten … entschuldige bitte!« Js Blick und seine Stimme zeugten von einer gewissen Bewunderung, die er von anderen selten erfahren hatte. »Wie hast du dich dermaßen verändern können? Ich weiß nicht, wie ich es ausdrücken soll … Als ob dich ein Riese in eine andere Welt entführt hätte … Was für Farben!«

J hatte nicht ganz unrecht, auch wenn ihm seine laute und überschwängliche Art zu reden nicht gefiel. Sie war typisch für Leute seines Alters. Solche Farben hatte er tatsächlich noch nie hervorgebracht. Von einem Tag auf den anderen trug er eine ganze Palette leuchtender Farben jeglicher Schattierung in sich, die nur darauf gewartet hatten hervorzubrechen. Er war dabei, sich von der Leidenschaft führen zu lassen, was völlig neu für ihn war. So etwas hatte er bislang noch nicht gekannt.

Ich habe hinter einem Schleier gelebt, stellte er fest. Ja, er hatte hinter einem Schleier gelebt. Er hatte im Schatten gestanden. In einer Welt, in der es nur Schwarz und Weiß gab, und keine der Farben, die er nun entdeckt hatte. Seine Welt war angenehm und friedlich gewesen, aber er spürte, dass er niemals wieder dorthin zurückkehren würde, dass er für immer diese Art von Glückseligkeit verloren hatte, die ihm die Ruhe beschert hatte. Dennoch empfand er kein Gefühl des Verlustes. Er hatte außerdem schon genug damit zu tun, die Aufregung und die Schmerzen seiner neuen Leidenschaft zu ertragen.

Ermuntert durch Js Komplimente, hatte er diesen in sein Vorhaben eingeweiht, wobei er mit seiner Begeisterung nicht hinter dem Berg hielt. J war offensichtlich verlegen, dass er gefragt worden war, bei der Umsetzung als Modell zu dienen, insbesondere nachdem er den Skizzenblock und das Programm der Tanzaufführung gesehen hatte.

»Warum ich? Es gibt doch Profis, professionelle Darsteller …«

»Dein Körper gefällt mir. Ein professioneller Darsteller wäre dafür nicht geeignet. Du bist der Mann, den ich brauche.«

»Du willst also sagen, ich soll mit dieser Frau in diesen Stellungen posieren? Das kann ich nicht!«

Um J, der abzuspringen drohte, doch noch zu überzeugen, hatte er gebettelt, gedroht und ihn in Versuchung geführt.

»Niemand wird es wissen, dein Gesicht wird nicht zu

sehen sein. Hast du denn keine Lust, diese Frau zu treffen? Sie könnte eine Inspiration für deine Arbeit sein.«

J hatte versprochen, es sich noch einmal zu überlegen. Am nächsten Morgen hatte er dann angerufen und zugesagt. Allerdings hatte er noch keinen Schimmer davon, was wirklich von ihm erwartet wurde, nämlich echter Sex.

»Sie kommt zu spät!«, bemerkte J, während er nervös zum Fenster hinaussah.

Auch der Ältere war allmählich ungeduldig geworden. Da Yong-Hye ihm versichert hatte, den Weg von der Metrostation allein finden zu können, hatte er sie nicht dort abgeholt. Sie warteten also im Atelier auf sie.

»Ich sollte ihr vielleicht entgegengehen.« Er nahm seine Jacke und stand auf. In diesem Moment hörten sie ein Klopfen an der Tür, die aus einer Milchglasscheibe bestand. »Na endlich!«

J stellte seine Kaffeetasse ab.

Sie trug dieselbe Hose wie beim letzten Mal und einen dicken schwarzen Pullover. Ihre von Natur aus pechschwarzen Haare hatte sie offensichtlich gewaschen, denn sie waren feucht und hingen ihr ins Gesicht. Sie sah zuerst ihn und dann J an, bevor sie beiden zulächelte. Sich über die Haare streichend, erklärte sie: »Ich war beim Haarewaschen sehr vorsichtig. Ich hatte Angst, die Blumen am Hals wegzuwischen …«

J setzte ein Lächeln auf. Er schien sich plötzlich zu entspannen. Wahrscheinlich, weil er bemerkt hatte, wie ungezwungen die junge Frau war.

»Zieh dich bitte aus.«

»Ich?«, rief J und riss die Augen auf.

»Bei ihr ist die Arbeit schon erledigt. Jetzt bist du an der Reihe.«

Verlegen grinsend drehte J sich um und legte seine Kleider ab.

»Auch die Unterhose.«

Nach kurzem Zögern zog er auch diese aus, zusammen mit den Strümpfen. Erwartungsgemäß war sein Körper rank und schlank. Nicht sonderlich muskulös, aber ohne Fettpolster. Mit Ausnahme seiner üppigen Schamhaare war seine Haut weiß und glatt. Der Ältere war neidisch auf diesen Körper.

Wie schon bei seiner Schwägerin bat er J, sich auf den Bauch zu legen, und begann mit dem Malen der ersten Blumen am Nacken. Er entschied sich für Blau. Mit Hilfe eines dickeren Pinsels skizzierte er in Windeseile eine Vielzahl von Hortensienknospen.

»Dreh dich jetzt bitte auf den Rücken.«

In Js Genitalbereich entstand eine große blutrote Blume, und zwar dergestalt, dass die Schambehaarung wie der Blütenkelch und sein Glied wie der Stempel wirkte. Yong-Hye saß unterdessen auf dem Sofa, eine Tasse Tee in der Hand, und sah ihm beim Arbeiten zu. Als er den Pinsel absetzte, fiel ihm auf, dass Js Penis leicht erigiert war.

Schwer atmend stand er auf und legte eine neue Kassette ein, um genügend Aufnahmekapazität zur Verfügung zu haben. Er drehte sich zu der jungen Frau um und wies sie an: »Zieh dich aus.«

Sie tat, was er sagte. Die Sonne war nicht ganz so strahlend wie am Vortag, aber die goldene Blume auf ihrem Busen leuchtete prächtig. Im Gegensatz zu J war sie vollkommen ruhig. Man hatte fast den Eindruck, sie fühlte sich nackt wohler als bekleidet. J saß mit angezogenen Beinen auf dem Laken. Sein Gesicht zeigte Anspannung, vermischt mit unverhohlener Begeisterung.

Ohne auf eine Aufforderung zu warten, ging sie zu ihm

hin. Sie setzte sich neben ihn, die gleiche Haltung einnehmend, als imitierte sie ihn absichtlich. Ihr ausdrucksloses Gesicht stand in krassem Gegensatz zu ihrem strahlenden Körper.

»Wie geht es jetzt weiter?«, fragte J, der sich womöglich verpflichtet fühlte, den Anfang zu machen. Sein Kopf war hochrot, aber sein Glied war wieder erschlafft.

»Du nimmst die Frau auf den Schoß.« Der Ältere wählte seine Worte mit Bedacht, da J nicht wusste, dass es sich um seine Schwägerin handelte. Mit der Kamera in der Hand näherte er sich dem Paar. Nachdem seine erste Anweisung ausgeführt worden war, forderte er jetzt: »Zieh sie zu dir heran.«

Mit zitternden Händen ergriff J die Schultern der Frau.

»Das ist doch Mist! Als hättest du es nie zuvor gemacht! Verspielter, streichle ihre Brüste!«

J wischte sich mit dem Handrücken die Stirn ab. In diesem Moment drehte sie sich langsam um und blickte ihn an. Eine Hand um seinen Nacken gelegt, begann sie mit der anderen die rote Blume auf dem Körper ihres Partners zu streicheln. Es verging eine ganze Weile, keiner konnte genau sagen, wie lange es dauerte, in der nur das Atmen der drei zu hören war. Nach und nach wurden die Brustspitzen des Mannes hart, und sein Glied richtete sich auf. Als habe sie die Skizzen im Buch gesehen, rieb sie ihren Hals an seinem, so wie ein Vogel einen anderen liebkost.

»Das ist gut! Sehr gut!« Der Ältere filmte die Szene aus verschiedenen Blickwinkeln, bis er mit der Einstellung zufrieden war. »Fein … Macht weiter! Lasst euch in dieser Stellung einfach fallen, und zwar so, dass einer auf dem anderen liegt.«

Sie stieß leicht mit der Hand gegen Js Brust, so dass dieser umfiel und mit dem Rücken auf dem Laken landete.

Mit beiden Händen strich sie jetzt der Reihe nach über die scharlachroten Blüten auf dessen Unterbauch. Der Ältere hatte sich mit der Kamera hinter sie gestellt und nahm nun die üppigen purpurroten Blumen auf ihrem Rücken auf, gefolgt von dem Mongolenfleck, der bei jeder ihrer Bewegungen wackelte. Er biss die Zähne zusammen und jubilierte innerlich. Wenn er doch noch ein Stück weiter gehen könnte.

Js Gesicht verriet, in welcher Bedrängnis er sich befand, denn sein Penis zuckte unkontrolliert umher. Sie streckte sich vorsichtig auf ihm aus, Brust an Brust, das Gesäß nach oben gerichtet. Er filmte die beiden jetzt von der Seite. Der Abstand, den sie bewusst zwischen sich, dem Bauch und dem Genitalbereich des Mannes gelassen hatte, indem sie einen Katzenbuckel machte, wirkte irgendwie grotesk. Die beiden erinnerten an zwei ineinander verschlungene Riesenpflanzen. Als sie sich dann aufrichtete, um sich auf den Bauch ihres Partners zu setzen, stotterte der Ältere.

»Könntet ihr …« Sein Blick wanderte von einem zum anderen. »Könntet ihr es vielleicht richtig tun?«

Sie zuckte nicht einmal, aber J stieß sie von sich, als hätte er sich verbrannt. Er zog die Knie an, um sein Glied zu verbergen, und rief aus: »Was? Willst du einen Porno drehen?«

»Du musst nicht mitmachen, wenn es dir unangenehm ist. Aber wenn sich das ganz natürlich ergeben würde …«

»Ich kann nicht mehr.« J stand auf.

»Warte, nur einen Moment noch! Es muss ja nicht sein. Macht einfach weiter wie vorhin.« Er hatte J an der Schulter festgehalten. Vielleicht hatte er unbeabsichtigt etwas zu kräftig zugepackt, denn dieser stieß einen Schrei aus und riss sich los. »Hör zu … ich zwinge dich zu nichts!«

Aus seiner Stimme waren Frust und Flehen herauszuhören, wodurch J sich wieder beruhigte: »Ich verstehe dich ja … Auch ich bin Künstler. Aber in dieser Sache, da muss ich nein sagen. Wer ist diese Frau? Sie sieht nicht wie eine Hure aus. Und selbst wenn, denkst du, du hast das Recht, so etwas von ihr zu verlangen?«

»Ich habe verstanden. Ich versichere dir, ich hab's kapiert. Es tut mir leid.«

J kehrte zum Laken zurück, aber die Spannung und die sinnliche Stimmung waren verschwunden. Mit einem Gesicht, als würde er bestraft, bettete er die Frau in seine Arme. Sie schloss die Augen, als ihre beiden Körper sich aneinanderschmiegten wie zwei Blüten. Der Ältere hatte den Eindruck, dass sie kommentarlos alles mitmachen würde, zu dem J bereit war.

»Bewegt euch, aber behaltet die Position bei.«

Langsam und etwas widerwillig ahmte J den sexuellen Akt nach, die Hüfte vor und zurück bewegend. Der Ältere sah, wie sich die Fußsohlen der Frau verkrampften und sie ihre Finger in den Rücken des Mannes krallte. Als bemühe sie sich die Kälte ihres Partners dadurch auszugleichen, dass sie sich umso feuriger gab. Diese Szene dauerte gut zehn Minuten. Ihm kam es nicht so lang vor, da er schöne Bildfolgen aus verschiedenen Blickwinkeln aufnahm. Aber J musste es als Ewigkeit empfunden haben. Mit gerötetem Gesicht, mehr aus Scham als aus Erregung, fragte er: »Sind wir fertig?«

»Nur noch ein bisschen, dann haben wir es geschafft.« Er schluckte kurz. Dann setzte er hinzu: »Von hinten, mit ihr auf dem Bauch liegend. Das ist die letzte Szene, aber die wichtigste. Nur noch diese eine!«

J fing an zu lachen, aber es kam mehr ein Schluchzen heraus: »Das war's! Jetzt reicht's wirklich! Belassen wir es dabei, bevor es zu peinlich wird. Mein Bedarf an ›Inspiration‹ ist gedeckt. Ich weiß jetzt auch, wie sich Pornodarsteller fühlen müssen … Elend!«

Er versuchte noch einmal, J umzustimmen, aber dieser drängte sich an ihm vorbei und begann sich anzuziehen. So musste er tatenlos zusehen, wie sein Werk, diese Explosion von Blumen, unter einem grauen Hemd verschwand. Er wollte sich noch nicht davon trennen.

»Weißt du, ich verstehe dich ja. Denk bitte nicht, ich sei engstirnig. Ich habe nur heute festgestellt, dass ich geradliniger bin, als ich dachte. Aus Neugier habe ich mich auf das Spiel eingelassen, aber ich ertrage es nicht. Das bedeutet, dass ich einfach noch abgeklärter werden muss. Aber dafür brauche ich Zeit. Es tut mir leid.«

An dem, was er sagte, war etwas Wahres daran, und er schien ehrlich verletzt zu sein. Nach kurzem Nicken und einem letzten Blick auf die junge Frau, die am Fenster stand, eilte er aus der Tür.

*

Js Auto fuhr aufheulend vom Vorplatz.

»Es tut mir leid«, erklärte er Yong-Hye, die in ihren Pullover schlüpfte. Sie antwortete nichts darauf, nur ein kurzes Lachen in die Leere des Raums, während sie mitten im Schließen ihrer Hose innehielt.

»Warum lachst du?«

»Ich bin ganz feucht …«

Wie vom Blitz getroffen sah er sie entgeistert an. Sie schien wirklich verwirrt, denn sie stand einfach nur da. Unschlüssig, ob sie den Reißverschluss ganz hochziehen oder wieder öffnen sollte. Er bemerkte erst in diesem Moment, dass er noch die Kamera in der Hand hielt. Er stellte sie ab und ging in großen Schritten zur Tür, durch die J gerade verschwunden war, um diese zu verriegeln. Als sei dies nicht genug, legte er auch noch die Sicherheitskette vor. Dann eilte er zu ihr zurück, fast rennend, nahm sie in die Arme und zog sie mit sich auf das Laken herunter. Als er ihr die Hose bis zu den Knien herunterschob, protestierte sie.

»Nein!«

Um ihre Ablehnung zu unterstreichen, stieß sie ihn zurück, sprang auf und zog ihre Hose hoch. Er sah zu, wie sich der Reißverschluss nach oben bewegte und der Knopf eingehakt wurde. Jetzt stand auch er auf, ging auf sie zu und presste ihren noch fiebrigen Körper gegen die Wand. Als er versuchte, ihre Lippen zu öffnen und mit seiner Zunge in ihren Mund einzudringen, schob sie ihn erneut zur Seite.

»Warum nicht? Weil ich dein Schwager bin?«

»Das ist es nicht.«

»Du hast gesagt, du wärst ganz feucht.«

»…«

»Hat er dir so gut gefallen?«

»Das ist es nicht. Es waren die Blumen …«

»Die Blumen?«

Sie wurde plötzlich erschreckend blass. Ihre Unterlippe war rot und zitterte leicht, weil sie darauf herumbiss. Dann erklärte sie: »Ich hatte wirklich Lust … Wie noch nie zuvor. Wegen der Blumen, die seinen ganzen Körper bedeckten. Da konnte ich nicht widerstehen. Das ist alles.« Sie drehte ihm den Rücken zu und ging entschlossen auf den Ausgang zu.

Er schaute ihr nach, und während sie hastig ihre Turnschuhe anzog, rief er: »Wenn es nur das ist …« Seine Stimme klang in seinen Ohren schrill. »Wenn ich also Pflanzen auf meinen Körper malen würde, würdest du mich dann haben wollen?«

Sie drehte sich um und starrte ihn an. Ihre Augen schienen zu sagen, ja, warum denn nicht. Zumindest glaubte er, dies in ihnen zu lesen.

»Und dürfte ich … es filmen?«

Sie lächelte. Zwar nur leicht, aber vielsagend. Wollte sie damit alles offenhalten? Vielleicht machte sie sich aber auch nur über ihn lustig.

*

Ich würde am liebsten sterben.

Ich würde am liebsten sterben.

Also stirb.

Verrecke!

Er hielt das Lenkrad seines Wagens fest umklammert und verstand nicht, warum er weinte. Er hatte mehrfach die Scheibenwischer betätigt, bevor ihm klar wurde, dass nicht die Windschutzscheibe beschlagen war, sondern vor seinen Augen ein Schleier hing. Er verstand außerdem nicht, warum ihm die Worte »Ich würde am liebsten sterben« nicht aus dem Kopf gingen, wie ein Mantra. Und auch nicht, warum die Antwort »Also stirb« ihn ebenso regelmäßig heimsuchte, als wäre da noch jemand in seinem Kopf, der zugehört hatte. Warum wirkte dieser Schlagabtausch der zwei fremden Stimmen in ihm beruhigend auf seinen zitternden Körper? Oder war es Magie?

Das Gefühl, sein Herz oder vielmehr sein ganzer Körper würde brennen, veranlasste ihn, beide Autofenster herunterzulassen. Umgeben vom Nachtwind und dem ohrenbetäubenden Lärm des Straßenverkehrs, raste er eine dunkle Hauptstraße entlang. Er fröstelte. Es begann an seinen Händen und lief durch seinen ganzen Körper. Er klapperte mit den Zähnen, während er das Gaspedal bis zum Anschlag durchdrückte. Jedes Mal, wenn er einen Blick auf den Tacho warf, gab es ihm einen Kick, und seine Finger kribbelten. Er rieb sich die Augen.

*

P trat aus dem Wohngebäude heraus, bekleidet mit einem schwarzen Kleid und einer weißen Strickjacke. Vier Jahre hatten sie eine Affäre gehabt, bevor sie Schluss machte und einen Schulfreund aus Kindertagen heiratete, der das Jurastudium abgeschlossen hatte. Dank der finanziellen Absicherung durch ihren Mann konnte sie nach der Heirat ihre künstlerischen Ambitionen weiter verfolgen. Sie hatte mehrere eigene Ausstellungen gehabt, bei denen sie Sammler vom südlichen Ufer für sich gewinnen konnte, was ihr natürlich den Neid und das Gerede ihrer Konkurrenten eingetragen hatte.

Sie erkannte sein Auto sofort, nicht nur wegen der eingeschalteten Warnblinkanlage. Er rief ihr zu: »Steig ein!«

»Man kennt mich hier. Allein schon der Pförtner! Was ist denn so wichtig mitten in der Nacht?«

»Steig ein, ich erkläre es dir.«

Widerstrebend setzte sie sich neben ihn.

»Es ist schon lange her … Es tut mir leid, dass ich so plötzlich hier auftauche.«

»Ja, es ist wirklich lange her. Das sieht dir eigentlich gar nicht ähnlich. Erzähl mir nicht, ich hätte dir gefehlt.«

Ohne darauf einzugehen, strich er sich nervös über die Stirn. »Ich möchte dich um etwas bitten.«

»Ich höre.«

»Das könnte etwas länger dauern … Gehen wir in dein Atelier. Das ist doch ganz in der Nähe, oder?«

»Fünf Minuten zu Fuß. Wozu denn das?«

P hatte die Stimme erhoben, um klarzustellen, dass sie eine Antwort verlangte. Ihr aufbrausendes, kämpferisches Naturell, das ihn früher gestört hatte, fand er jetzt erfrischend. Er hatte Lust, sie zu umarmen, aber das war sicher nur Sentimentalität. Das Objekt seiner ihn verzehrenden Begierde war einzig und allein seine Schwägerin, die er gerade nach Hause gebracht hatte. Er hatte sie gebeten, so wie sie war, auf ihn zu warten, und versprochen wiederzukommen. Dann hatte er sich eiligst auf die Suche nach der einzigen Person gemacht, die in der Lage war, seine Zeichnungen in seinem Sinne umzusetzen. Eine Person, die seinen Körper gut kannte und auch dazu bereit war, ihm diesen Dienst zu erweisen. Er brauchte nur darum zu bitten.

»Was für ein Glück, dass mein Mann heute Abend arbeitet! Er würde Fragen stellen«, verkündete P, während sie das Licht in ihrem Atelier einschaltete.

»Zeig mir die Skizzen, von denen du mir erzählt hast.«

Sie betrachtete den Inhalt seines Skizzenbuchs mit ernsthaftem Interesse.

»Ganz nett. Ich bin überrascht … Ich habe noch nie gesehen, dass du so mit Farben gearbeitet hast. Aber …« Sie fuhr fort, wobei sie sich an ihr spitz zulaufendes Kinn klopfte: »Das ist gar nicht dein Stil. Kannst du so etwas ausstellen? Dein Spitzname war ›Priester des Mai-Massakers‹. Ein klar denkender Priester, das Abbild eines unflexiblen Geistlichen … Das war das, was ich an dir so geliebt habe.«

Sie sah ihn über ihre Brille hinweg an. Ein Ding mit Plastikgestell.

»Du versuchst eine Metamorphose? Ist das nicht eine recht radikale Verwandlung? Ich weiß, es steht mir nicht zu, dir irgendwelche Ratschläge zu geben …«

Er hatte keine Lust, sich auf eine Grundsatzdiskussion

mit ihr einzulassen. Stattdessen legte er seine Kleider ab. Sie wirkte überrascht, fing aber an, Farben auf einer Palette anzumischen. Während sie den richtigen Pinsel suchte, sagte sie: »Es ist schon eine Weile her, dass ich dich das letzte Mal nackt gesehen habe.«

Glücklicherweise lachte sie nicht. Er hätte es als grausamen Hohn verstanden, selbst wenn sie sich nichts weiter dabei gedacht hätte.

Mit viel Hingabe machte sie sich daran, ihn zu bemalen. Der Pinsel war kalt. Berührte er die Haut, fühlte sich das an wie Streicheln. Es kitzelte und elektrisierte ihn, es war intensiv und anhaltend.

»Ich werde versuchen, nicht zu viel von meinem eigenen Stil einfließen zu lassen. Wie du weißt, liebe ich Blumenbilder und habe sehr viele davon gemalt … Deine Pinselführung ist kräftiger als meine. Ich werde versuchen, sie zu imitieren.«

Mitternacht war schon vorbei, als sie schließlich erklärte: »Ich glaube, es ist jetzt gut.«

»Danke«, erwiderte er, vor Kälte zitternd, da die Sitzung ziemlich lange gedauert hatte.

»Ich würde dir gerne einen Spiegel geben, damit du dich bewundern kannst, aber ich habe leider keinen hier.«

Er blickte an sich herab. Auf seiner Brust, seinem Bauch und seinen Beinen waren jetzt neben einer Gänsehaut große rote Blumen zu sehen.

»Das gefällt mir. Das ist viel besser als meine Arbeit.«

»Ich weiß nicht, was du von deinem Rücken halten wirst. Nach deinen Skizzen zu urteilen, legst du darauf ganz besonderen Wert.«

»Er ist bestimmt perfekt. Ich vertraue dir voll und ganz.«

»Ich wollte so nah wie möglich an deiner Pinselführung sein, aber man kann meine wohl nicht verleugnen.«

»Ich danke dir wirklich.«

Endlich lachte sie. »Als du dich vorhin ausgezogen hast, hat mich das ein bisschen erregt …«

»Ach ja?«, antwortete er zerstreut, während er sich anzog. Als er seine Jacke anhatte, war ihm weniger kalt, aber sein Körper war immer noch wie erstarrt.

»Du siehst aber jetzt irgendwie …«

»Was jetzt?«

»… bedauernswert aus. Mit den ganzen Blumen auf deinem Körper … Ich habe Mitleid mit dir. So habe ich dir gegenüber noch nie empfunden.« Sie ging zu ihm und schloss den letzten Knopf seines Hemdes. »Ich hoffe, ich bekomme wenigstens einen Kuss, nachdem du mich schon mitten in der Nacht entführt hast!«

Ohne seine Antwort abzuwarten, legten sich ihre Lippen auf seine und weckten die Erinnerung an Küsse aus vergangenen Zeiten. Ein paar Hundert waren es sicher gewesen. Tränen stiegen ihm in die Augen. War es Nostalgie, Freundschaft oder Angst davor, bald an einem Punkt zu sein, an dem es kein Zurück mehr geben würde?

*

Da es mitten in der Nacht war, klopfte er, statt zu klingeln, leise an der Tür. Ohne auf Antwort zu warten, drehte er am Knauf. Sie war nicht abgeschlossen.

Er trat in den dunklen Raum. Durch die Balkontür fiel das fahle Licht einer Straßenlaterne, wodurch er wenigstens Umrisse erkennen konnte. Trotzdem stieß er sich den Fuß an etwas.

»Schläfst du?«

Er stellte seine Filmausrüstung ab und zog die Schuhe aus. Dann ging er Richtung Matratze. Er konnte erkennen, dass dort jemand im Dunkeln saß. Er wusste sofort, dass sie nackt war. Sie stand auf und kam auf ihn zu.

»Möchtest du … dass ich Licht mache?« Seine Stimme klang heiser, brüchig.

Ihre Antwort kam nur als Hauch: »Du riechst gut. Es ist der Duft der Farbe.«

Stöhnend machte er den letzten Schritt auf sie zu. Licht, Film, alles war vergessen. Er fühlte nur noch seine Begierde.

Stöhnend warf er sie aufs Bett. Mit einer Hand griff er nach ihrer Brust und bedeckte ihr Gesicht mit feuchten Küssen. Ihre Lippen, ihre Nase. Dann riss er sich sein Hemd herunter, dass es die Knöpfe einfach wegsprengte.

Als er endlich ganz nackt war, drückte er gewaltsam ihre Schenkel auseinander und drang in sie ein. Danach hörte er nur noch Keuchen wie von einem wilden Tier und Stöhnen, das sich zu lautem Schreien steigerte. Als ihm schließlich klar wurde, dass er es war, der diese Laute von sich gab, schauderte ihn vor sich selbst. Er hatte noch nie beim Sex geschrien. Das war seiner Ansicht nach eine Sache, die nur Frauen taten. Mit einem letzten Aufbäumen spritzte er sein Sperma in die feuchte Vagina, die sich mit beängstigender Kraft um seinen Penis zusammenzog.

*

»Es tut mir leid«, murmelte er, in der Dunkelheit nach ihrem Gesicht tastend.

Statt einer Antwort fragte sie ihn: »Kann ich das Licht anmachen?« Ihre Stimme war ganz ruhig.

»Warum?«

»Ich will es sehen.«

Sie erhob sich und ging zum Lichtschalter. Sie schien

nicht sonderlich erschöpft zu sein, was auch kein Wunder war. Der Sex hatte gerade einmal fünf Minuten gedauert.

Plötzlich war es hell im Zimmer. Geblendet schirmte er die Augen mit seinen Händen ab. Sie lehnte mit dem Rücken an der Wand. Die Blumenpracht auf ihrer Haut war immer noch zu sehen.

Ihm wurde plötzlich bewusst, dass er vollkommen nackt vor ihr lag, und er bedeckte mit einer Hand seinen schlaffen Bauch.

»Versteck ihn nicht … Er sieht gut aus. Als hätten die Blumen Falten.«

Langsam kam sie auf ihn zu und beugte sich über ihn. Wie sie es bei J gemacht hatte, begann sie die Blumen auf seiner Brust zu streicheln.

»Warte!« Er stand auf und ging zur Tür. Immer noch nackt, stellte er das Stativ auf und befestigte die Kamera knapp über dem Boden. Die Matratze hob er hoch und lehnte sie an die Balkontür. Dann breitete er das mitgebrachte Laken aus. Wie schon in Ms Atelier baute er Scheinwerfer auf. »Würdest du dich bitte hinlegen?«

Sie gehorchte, und er justierte die Kamera, indem er durch den Sucher blickte, sich ihren möglichen Aktionsradius beim Liebesspiel vorstellend.

Sie lag im gleißenden Licht der Lampen. Vorsichtig streckte er sich auf ihr aus. Würden sie wie zwei ineinander verschlungene Pflanzen aussehen, wie dies mit ihr und J der Fall gewesen war? Oder wie ein einziger Körper, in dem sich Pflanzliches, Tierisches und Menschliches vermischte?

Jedes Mal, wenn sie die Position wechselten, veränderte er Standort und Blickwinkel der Kamera. Bevor er sie von hinten nahm, was J verweigert hatte, filmte er zunächst ihr Gesäß, indem er langsam immer näher heranzoomte. Nachdem er in sie eingedrungen war, kontrollierte er noch einmal aus dem Augenwinkel den Bildschirm, bevor er anfing, sich in ihr zu bewegen.

Alles war perfekt. Genau so, wie er es gezeichnet hatte. Seine rote Blume öffnete und schloss sich über dem Mongolenfleck der jungen Frau. Wie ein großer Blütenstempel glitt sein Glied in ihren Körper hinein und heraus. Er zitterte angesichts der zwiespältigen Art dieser Vereinigung. Abstoßende und überwältigend schöne Bilder zugleich. Jedes Mal, wenn er die Augen schloss, sah er wieder die grüne, klebrige Pflanzenflüssigkeit, die sich über sein Glied, seinen Bauch und seine Schenkel verteilte. Schließlich legte er sich auf den Rücken und zog sie über sich. Auch hier hatte er wieder eine Kameraposition gewählt, in der ihr Mongolenfleck am besten zur Geltung kam.

»Ewig, ewig …«, sagte er sich vor, von Schauern der Lust überschwemmt, während sie zu schluchzen anfing. Bis dahin, über eine halbe Stunde lang, hatte sie keinen einzigen Laut von sich gegeben. Sie hatte ihm einzig und allein mit den Reaktionen ihres Körpers mitgeteilt, wie volltrunken vor Lust sie war. Die Augen hatte sie geschlossen, die Lippen bebten hin und wieder. Es war Zeit, zum Ende zu kommen.

Er richtete sich auf. Da er sie im Arm hielt, konnte er gerade noch mit den Fingerspitzen die Kamera erreichen und ausschalten.

Er wollte diese Bilder in einer Endlosschleife wiederholen, was keinen Höhepunkt gestattete. Sein Reiz lag in der Stille, der Verzückung und der Ewigkeit. Daher hielt er die Aufnahme an. Er wartete, bis sich ihr Schluchzen wieder beruhigt hatte, bevor er sie wieder auf das Laken legte. Die letzten Minuten rangen ihr Zähneklappern, gutturale laute Schreie, Haltrufe und Tränen ab.

Dann wurde es wieder still im Raum.

*

Im bläulichen Licht des Morgengrauens leckte er ihren runden Hintern. »Ich würde ihn gerne auf meiner Zunge haben.«

»Wen genau?«

»Deinen Mongolenfleck.«

Etwas überrascht drehte sie sich um und sah ihn an.

»Wie kommt es eigentlich, dass du ihn noch hast?«

»Keine Ahnung. Früher dachte ich, das sei normal. Eines Tages, in einer öffentlichen Sauna … da erst wurde mir bewusst, dass ich die Einzige war.«

Seine Hand war von der Taille zu dem Mongolenfleck gewandert, um ihn zu streicheln. Wie gerne würde er dieses Mal, das einem Stigma ähnelte, mit ihr gemeinsam haben, es verschlingen, es schmelzen, damit es in seinen Adern rann.

»Bin ich meine Träume jetzt los?«, murmelte sie kaum hörbar.

»Deine Träume? Ah, die Gesichter … es waren doch Gesichter?«, antwortete er, mit dem Schlaf kämpfend. »Was für Gesichter?«

»Das ändert sich jedes Mal. Manchmal ein Gesicht, das mir sehr vertraut vorkommt, dann wieder ein völlig fremdes. Manchmal ist es blutüberströmt … manchmal ist es sogar schon verwest.«

Träge öffnete er seine schweren Lider und betrachtete sie. Ihre Augen leuchteten in der Dunkelheit. Sie schien überhaupt nicht müde zu sein.

»Ich habe geglaubt, das Fleisch sei daran schuld«, flüsterte sie. »Ich dachte, ich bräuchte nur auf Fleisch zu verzichten und hätte diese Träume nicht mehr.«

Er versuchte sich auf das zu konzentrieren, was sie sagte, aber gegen seinen Willen fielen ihm die Augen zu.

»Erst jetzt … habe ich verstanden. Diese Gesichter leben in meinem Bauch. Sie kommen von dort.«

Betäubt von ihrem Murmeln, konnte er irgendwann nicht mehr folgen und tauchte im freien Fall in einen Tiefschlaf ab.

»Nun habe ich keine Angst mehr … Das macht mir keine Angst mehr.«

*

Als er aufwachte, schlief sie noch.

Die Sonne schien. Ihre Haare lagen zerzaust um ihren Kopf herum. Das verknitterte Laken bedeckte den unteren Teil ihres Körpers. Ihr Geruch hing im Raum. Er musste dabei an ein Baby denken. Es war eine Mischung aus würzig, sauer, süß, herb und bitter.

Wie spät war es? Er zog sein Handy aus der Jacke, die am Vorabend auf dem Boden gelandet war. Es war ein Uhr am Nachmittag. Gegen sechs Uhr früh war er praktisch ins Koma gefallen. Folglich hatte er sieben Stunden wie ein Toter geschlafen. Er schlüpfte in Unterhose und Hose, bevor er seine Filmausrüstung zusammenpackte. Zuerst verstaute er die Scheinwerfer und das Stativ. Die Kamera konnte er nicht entdecken. Nach den Filmaufnahmen hatte er sie irgendwo in der Nähe der Tür abgestellt. Reine Vorsichtsmaßnahme, damit sie nicht aus Versehen umgestoßen wurde.

Er vermutete, dass sie sie aufgehoben hatte, um sie sicher zu verwahren. Er beschloss, in der Küchenecke nachzusehen, ob seine Kamera dort auf einem Schrank stand. Auf dem Weg dorthin bemerkte er einen weißen Gegenstand auf dem Boden. Es war eine 6-mm-Kassette. Während er sie aufhob, dachte er: »Eigenartig«. Als er um den Raumteiler bog, sah er am Küchentisch eine Frau sitzen, das Gesicht in den Händen vergraben. Es war seine Ehefrau.

Neben ihr standen, in ein Geschirrtuch eingeschlagen, kleine Töpfchen. Ihr Handy hielt sie aufgeklappt in der Hand. Seine Kamera lag mit der Linse nach unten auf dem Tisch, das Kassettenfach war geöffnet. Seine Frau musste ihn gehört haben, blieb aber bewegungslos sitzen.

»Sch…«, stotterte er. Ihm war schwindlig, und er konnte nicht fassen, was er sah. »Schatz …«

Endlich hob sie den Kopf. Dann sprang sie auf. Nicht etwa, weil sie auf ihn zugehen wollte, sondern um ihn daran zu hindern, näher zu kommen. Das war ihm sofort klar. Mit ausdruckslosem Tonfall erklärte sie: »Ich habe schon seit ein paar Tagen nichts mehr von Yong-Hye gehört … Deshalb habe ich gedacht, ich bringe ihr vor der Arbeit schnell etwas zu essen vorbei. Heute Morgen habe ich frisches Gemüse zubereitet.«

Ihre Stimme war angespannt, aber sie versuchte, ruhig zu sprechen. Als müsste sie sich rechtfertigen. Er kannte diese Art zu sprechen, langsam und leise, mit leichtem Timbre, womit sie um jeden Preis ihre Emotionen überspielen wollte.

»Weil die Tür nicht abgeschlossen war, bin ich reingegangen. Als Erstes habe ich Yong-Hye gesehen mit ihrer Bemalung, die ich sehr eigenartig fand … Du hast mit dem Gesicht zur Wand gelegen, eingewickelt in eine Decke, und ich habe dich zuerst nicht erkannt.«

Sie strich sich mit dem Telefon in der Hand über die Haare. Beide Hände zitterten heftig.

»Einerseits freute ich mich darüber, dass sie einen Liebhaber hat, und gleichzeitig sorgte ich mich, als ich die Bemalung auf ihrem Körper sah, dass sie in einer neuen Krise war. Ich dachte darüber nach, sie einfach in Ruhe zu lassen … Aber andererseits musste ich sie doch vor diesem Unbekannten beschützen … Neben der Tür habe ich dann die Kamera stehen sehen, die mir bekannt vorkam, und ich habe sie zurückgespult, wie du es mir gezeigt hast …«

Sie berichtete der Reihe nach, was geschehen war, aber es war ihr anzusehen, dass sie ihre ganze Selbstbeherrschung und allen Mut zusammennehmen musste.

»Dann habe ich dich auf dem Bildschirm erkannt.«

In ihren Augen konnte er den unbeschreiblichen Schock, den Schrecken und die Hoffnungslosigkeit lesen, aber ihr Gesicht war gefasst. Plötzlich kam ihm der Gedanke, dass sein halbnackter Körper die Abscheu seiner Frau erregen könnte, und er machte sich auf, sein Hemd zu suchen.

Er fand es vor dem Bad. Beim Hineinschlüpfen sagte er: »Schatz, ich werde es dir erklären. Wahrscheinlich wird es dir schwerfallen, es zu verstehen …«

Sie unterbrach ihn mit schriller Stimme: »Ich habe den Notarzt gerufen.«

»Was?«

Als er einen Schritt auf sie zu machte, wich sie zurück, um den Abstand zwischen sich und ihm zu wahren. Sie war kalkweiß im Gesicht.

»Ihr braucht ärztliche Hilfe. Alle beide.«

Es dauerte ein paar Sekunden, bis er die Bedeutung dieses Satzes verstand.

»Du willst mich in die Psychiatrie einweisen lassen?«

In diesem Moment hörten sie ein raschelndes Geräusch von der Matratze her. Er hielt die Luft an, genauso wie seine Frau. Vollkommen nackt schälte sich Yong-Hye aus dem Laken heraus. Er sah, wie seiner Frau die Tränen herunterliefen.

»Arschloch!«, zischte sie, wobei sie ihre aufsteigenden Schluchzer hinunterschluckte. »Sie ist noch immer nicht wieder richtig im Kopf … Wie konntest du nur …« Ihre tränennassen Lippen bebten.

Jetzt bemerkte auch Yong-Hye die Anwesenheit ihrer Schwester und blickte sie mit großen Augen an. Ihr Blick war leer. Zum ersten Mal bemerkte er, dass ihre Augen denen eines Kindes ähnelten. Nur Kinder können diesen Blick haben, vielsagend und nichtssagend zugleich. Oder Ungeborene, deren Augen noch kein Licht gesehen und noch nichts wahrgenommen haben.

Langsam drehte sich die junge Frau um und trat auf den Balkon. Als sie die Schiebetür öffnete, wehte ein frischer Wind in die Wohnung. Er sah den Mongolenfleck. Außerdem die Spuren seines Spermas und seiner Spucke, die wie Sirup an ihr klebten. Plötzlich hatte er das Gefühl, dass er ein alter Mann war, der alles erlebt hatte und nichts bereute, selbst wenn er jetzt sterben müsste.

Die junge Frau lehnte sich mit ihren goldglitzernden Brüsten über das Balkongeländer. Dann spreizte sie ihre mit dunkelorangen Blüten verzierten Schenkel. Sie vermittelte den Eindruck, mit den Sonnenstrahlen und dem Wind eins werden zu wollen. Von der Straße herauf hörte man die Sirene eines Krankenwagens näher kommen, Stimmengewirr, Kindergeschrei und Verkehrslärm. Auf der Treppe erklang Fußgetrappel.

Er hätte auf den Balkon laufen können, über das Geländer springen, an dem sie lehnte, und wegfliegen. Drei Stockwerke lang würde er Zeit haben, bevor sein Schädel aufschlug. Er hätte es tun können. Die einzig saubere Lösung. Aber er blieb wie angewurzelt stehen, als sei es der erste und letzte Augenblick seines Lebens, nur dazu da, diesen Körper zu bewundern. Den Körper, der an eine feurige Blume erinnerte, strahlender noch als jedes Bild und jede in der vorherigen Nacht gemachte Aufnahme.

BÄUME IN FLAMMEN

Sie steht an einer Haltestelle gegenüber dem Busbahnhof in Masok und betrachtet die regennasse Straße. Riesige LKW donnern lautstark auf der Schnellstraße vorbei. Es regnet sintflutartig. Die Tropfen prasseln heftig auf ihren Regenschirm. Es fehlt nicht viel, und sie durchlöchern ihn.

Sie ist nicht mehr jung und auch nicht sonderlich schön. Aber ihr Nacken beschreibt eine elegante Linie, und sie hat ehrliche Augen. Sie ist geschminkt, aber sehr dezent, und ihre fleckenlose Bluse ist tadellos gebügelt. Der gute Eindruck, den ihre Erscheinung hinterlässt, bringt ihr viel Sympathien ein. Darüber übersieht man leicht den Schatten, der auf ihrem Gesicht liegt.

Ihre Augen blitzen erfreut auf. Der Bus, auf den sie wartet, ist in der Ferne zu erkennen. Sie tritt auf die Straße und gibt Handzeichen. Das Fahrzeug, das mit großer Geschwindigkeit näher kommt, bremst abrupt ab.

»Halten Sie bei der psychiatrischen Klinik in Chuksong?«

Der Fahrer, ein Mittfünfziger, nickt und bedeutet ihr einzusteigen. Sie bezahlt, und während sie sich nach einem Sitzplatz umschaut, fällt ihr auf, dass die anderen Passagiere sie neugierig taxieren. Ist sie eine Kranke? Oder besucht sie jemanden aus der Familie? Hat sie etwas Irres an sich? Argwohn, Misstrauen, Feindseligkeit und Neugier sind in ihren Blicken zu lesen. Sie kümmert sich nicht darum, sie ist daran gewöhnt.

Von ihrem zusammengeklappten Regenschirm tropft das Wasser herunter und hinterlässt schwarze, glänzende Flecken auf dem Boden des Busses. Der Schirm hat nicht verhindern können, dass ihre Bluse und ihre Hose zur Hälfte durchnässt sind. Der Bus beschleunigt wieder auf der regennassen Straße. Mühsam ihr Gleichgewicht haltend, wankt sie im Gang nach hinten. Dort sind zwei nebeneinanderliegende Sitze frei, und sie entscheidet sich für den Fensterplatz. Sie kramt aus ihrer Handtasche ein Papiertaschentuch heraus und wischt die beschlagene Scheibe frei. Mit dem selbstbewussten Blick einer Frau, die an Einsamkeit gewöhnt ist, betrachtet sie die Regentropfen, die gegen das Fenster prasseln. Hinter Masok führt die Straße durch einen Wald, der durch den sintflutartigen Juniregen wie eine riesige Bestie wirkt, bereit loszubrüllen. Als der Bus den Anstieg am Berg Chuksong erreicht, wird die Straße schmaler und kurviger. Der Wald rückt näher heran, sein nasser Körper wiegt sich hin und her. War es hier irgendwo gewesen? Hatte man vor drei Monaten ihre Schwester Yong-Hye hier gefunden? Sie stellt sich dunkle Winkel vor, versteckt unter von Sturm und Regen gepeitschten Bäumen. Schließlich wendet sie sich ab.

Man sagte ihr, Yong-Hye sei bei einem unbewachten Spaziergang verschwunden, zwischen zwei und drei Uhr am Nachmittag. Der Himmel war bedeckt gewesen, aber es regnete noch nicht, so dass den leichteren Fällen erlaubt worden war, wie gewöhnlich spazieren zu gehen. Um drei Uhr stellte das Pflegepersonal fest, dass Yong-Hye nicht zurückgekehrt war. Es begann zu regnen. Alle Angestellten der Klinik wurden in Alarmbereitschaft versetzt. Die Bürokräfte sperrten sofort die Zufahrt ab, damit kein Bus und kein Taxi mehr passieren konnte. Entweder war die Verschwundene schon in Masok, wenn sie es aus den Bergen herausgeschafft hatte, oder sie war tiefer in den Wald hineingeraten.

Je weiter der Nachmittag voranschritt, desto dichter wurde der Regen. Wegen des schlechten Wetters wurde es früher dunkel, als es im März eigentlich üblich war. Es war Glück oder, wie ihr Arzt meinte, ein Wunder, dass Yong-Hye während der systematischen Durchsuchung des Waldes von einem Pfleger gefunden wurde. Sie stand zwischen tropfenden Bäumen an einem abgelegenen Abhang mitten im Wald. Unbeweglich, als sei sie eine von ihnen.

Sie war mit ihrem sechsjährigen Sohn Ziu beim Arzt, als sie gegen vier Uhr nachmittags die Nachricht erhielt, dass ihre Schwester verschwunden sei. Seit fünf Tagen schon hatte Ziu über vierzig Grad Fieber, und sie war mit ihm in die Praxis gefahren, um seine Lungen röntgen zu lassen. Der Junge stand vor dem Röntgengerät und blickte unruhig von seiner Mutter zum Röntgenassistenten, der sich hinter einer Scheibe befand, als das Telefon klingelte.

»Frau Kim In-Hye?«

»Ja, am Apparat.«

»Sie sind eine Familienangehörige von Frau Kim Yong-Hye?«

Es war das erste Mal, dass die Klinik, in der Yong-Hye untergebracht war, mit ihr telefonisch Kontakt aufnahm. Normalerweise war sie es, die dort anrief, um ihren Besuch anzukündigen oder sich nach ihrer Schwester zu erkundigen. In ruhigem Ton, ihre eigene Angst überspielend, informierte sie die Krankenschwester über das Verschwinden Yong-Hyes. »Wir tun unser Bestes. Falls Sie irgendetwas von ihr hören sollten, teilen Sie uns das bitte sofort mit.« Bevor sie auflegte, fragte die Krankenschwester noch:

»Haben Sie eine Idee, wo sie hingehen könnte? Zu Ihren Eltern vielleicht?«

»Die wohnen zu weit weg. Ich werde sie aber anrufen.« Sie steckte ihr Handy wieder in die Tasche und eilte dann zu ihrem Sohn, um ihn in die Arme zu nehmen. Sein kleiner Körper glühte. Er hatte in den letzten Tagen an Gewicht verloren.

»Mama, das hab ich gut gemacht, oder?« Sein Gesicht war gerötet. Entweder wegen des Fiebers oder weil er auf ein Lob wartete.

»Aber natürlich. Du hast absolut stillgehalten!«

Nachdem ihr der Arzt mitgeteilt hatte, dass keine Lungenentzündung vorlag, nahm sie ein Taxi nach Hause und trug ihren Sohn durch den Regen nach oben. Sie wusch ihn kurz, machte ihm einen Brei, gab ihm die Medikamente und legte ihn ins Bett. Sie hatte keine Zeit, sich wegen ihrer Schwester den Kopf zu zerbrechen, nur weil diese einen Ausflug machte. Seit fünf Tagen war der Junge nun krank, und sie hatte kaum geschlafen. Falls das Fieber über Nacht nicht fallen würde, müsste sie ihn ins Krankenhaus bringen. Sie packte gerade für den Notfall eine Tasche mit Krankenversicherungskarte und Kleidung, als gegen neun Uhr das Telefon klingelte.

»Gott sei Dank, Sie haben sie gefunden! Vielen Dank. Ich komme sie dann wie geplant nächste Woche besuchen.«

Ihre Dankesbekundungen an die Anruferin kamen von Herzen, aber wegen der Erschöpfung klang ihre Stimme heiser und fremd. Erst nachdem sie aufgelegt hatte, wurde ihr bewusst, dass es im ganzen Land geregnet hatte, also auch in den Bergen, wo man Yong-Hye gefunden hatte.

Der Atem ihres Sohnes war rasselnd. Die ganze Nacht über wechselte sie regelmäßig die nasse Kompresse auf seiner Stirn, wobei sie von Zeit zu Zeit in einen Dämmerschlaf fiel. Dabei hatte sie die Vision eines Waldes im Regen. Merkwürdigerweise konnte sie sich die Situation genau vorstellen, obwohl sie gar nicht dort gewesen war. Schwarzer Regen, ein schwarzer Wald, ein weißgraues Krankenhaushemd. Nasse Haare. Ein Abhang im Dunkeln. Yong-Hye als schwarzer Klumpen zwischen Wassermassen. Erst als sie am Morgen wieder die Handfläche auf die Stirn ihres Sohnes legte und diese sich etwas kühler anfühlte, verspürte sie Erleichterung. Sie trat aus dem Zimmer und betrachtete einen Moment lang das bläuliche Licht der Morgendämmerung, das durch die Balkontür fiel. Dann legte sie sich seitlich mit angezogenen Beinen auf das Sofa im Wohnzimmer. Sie musste unbedingt noch eine Stunde schlafen, bevor Ziu aufwachte.

Große Schwester, ich mache einen Handstand. Blätter wachsen aus meinem Körper, und meine Hände schlagen Wurzeln … Ich verschmelze mit der Erde, endlos, endlos … Ich spreize meine Schenkel ganz weit, denn Blumen beginnen aus meinem Schoß zu sprießen, aber dann …

Yong-Hyes Stimme, die sie im Halbschlaf zu hören glaubte, klang zunächst leise und angenehm, wurde dann kindlich, um zuletzt in unverständliches Gebrabbel überzugehen. Ein Ekelgefühl, so stark, wie sie es noch nie empfunden hatte, ließ sie hochschrecken. Dann fand sie sich plötzlich vor dem Spiegel im Bad wieder. Aus ihrem linken Auge lief Blut, das sie schnell wegwischte. Seltsamerweise bewegte sich ihre Hand im Spiegelbild nicht. Sie stand nur da und starrte unverwandt auf ihr blutendes Auge.

Ziu hustete, und sie war sofort hellwach. Sie sprang auf und eilte ins Kinderzimmer. Yong-Hyes Bild verscheuchend, die vor längerer Zeit mit angezogenen Knien dort in einer Ecke gesessen hatte, ergriff sie die kleinen Hände ihres Sohnes, die geschüttelt von dem Hustenanfall zuckten. »Ist ja alles gut«, flüsterte sie, nicht ganz sicher, ob sie ihren Sohn oder sich selbst beruhigen wollte.

*

Der Bus quält sich in Haarnadelkurven den Berg hinauf. Dann hält er an einer Kreuzung. Die Vordertür öffnet sich, und sie beeilt sich auszusteigen, als Einzige an dieser Haltestelle. Der Bus fährt sofort weiter, und sie öffnet ihren Regenschirm.

Um zur Klinik zu gelangen, muss man einer schmalen Straße folgen, die hier abzweigt. Man überquert zunächst einen ziemlich steilen Hügel und passiert danach einen fünfzig Meter langen Tunnel, bevor man den bescheidenen Bau mitten im Wald erreicht. Es regnet immer noch, wenn auch nicht mehr so stark. Sie beugt sich herunter, um ihre Hosenbeine aufzukrempeln. Dabei sieht sie Berufkräuter auf dem Boden liegen. Sie rückt sich die schwere Tasche zurecht, die über ihrer Schulter hängt. Dann nimmt sie den Schirm fest in die Hand und macht sich auf den Weg.

Im Moment kommt sie jeden Mittwoch her, um sich nach Yong-Hyes Zustand zu erkundigen. Vor dem Vorfall tat sie dies höchstens einmal im Monat. Beladen mit Obst, Reiskuchen oder Kimbab, trifft sie während ihres Fußmarsches in der Regel kaum Menschen und fast keine Autos. Im Besucherzimmer neben dem Büro legt sie dann alles, was sie mitgebracht hat, auf den Tisch. Ihre Schwester sitzt ihr gegenüber und verschlingt wortlos das Essen, stumm wie ein Kind, das Hausaufgaben macht. Manchmal streicht sie Yong-Hye eine Haarsträhne hinters Ohr und wird von dieser mit einem Lächeln belohnt. In solchen Momenten sagt sie sich, vielleicht fühlt sie sich ja wohl hier. Vielleicht kann sie so weiterleben. Sie braucht nur zu sprechen, wenn sie Lust dazu hat. Sie braucht kein Fleisch zu essen, wenn ihr das zuwider ist. Und gelegentlich bekommt sie Besuch von ihrer Schwester.

Yong-Hye ist vier Jahre jünger als sie. Wegen dieses Altersunterschieds hat es bei ihnen nie Streitereien gegeben, wie es unter Geschwistern sonst üblich ist. Seit ihrer Kindheit war ihre Schwester für sie jemand, den sie vor dem jähzornigen, schlagenden Vater beschützen musste. Sie fühlte sich verantwortlich und empfand eine Art mütterlicher Fürsorge für sie. Mit Freude und Stolz sah sie ihre kleine Schwester, die sie mit schmutzigen Füßen und Hitzepickeln kannte, größer werden und sich verheiraten. Es schmerzte sie zu erleben, wie ihre Schwester zunehmend wortkarger wurde. Sie ist zwar selbst etwas zurückhaltend, kann aber auch fröhlich und aufgeschlossen sein. Im Gegensatz dazu ist Yong-Hye schon immer undurchschaubar gewesen. Manchmal fühlte man sich in ihrer Gegenwart wie eine Fremde.

Am Tag von Zius Geburt besuchte Yong-Hye sie auf der Entbindungsstation.

»Ich habe noch nie ein so kleines Baby gesehen. Sind die Neugeborenen alle so?«, fragte sie als Erstes, statt ihr zu gratulieren. Sie fuhr vor sich hin murmelnd fort: »Fährst du allein mit ihm zu unseren Eltern? Ich stelle mir vor, dein Mann wird dich dort hinfahren ...« Mit einem seltsamen Lächeln auf ihrem Gesicht, das In-Hye bis dahin noch nie bei ihrer Schwester gesehen hatte, bot sie freundlich an: »Willst du, dass ich mitkomme?«

Ihr Vorschlag kam von Herzen, aber das Lächeln um ihren Mund schien anzudeuten, dass auch sie sich In-Hye gegenüber fremd fühlte. Ihr Gesichtsausdruck war mehr als friedlich, fast düster, so dass In-Hye nicht wusste, was sie darauf antworten sollte. Das Verhalten ihrer Schwester unterschied sich zwar grundlegend von der melancholischen Art ihres Mannes, aber beide ließen sie verzagen. Lag es an deren Verschlossenheit?

Sie betritt den Tunnel. Es ist dort düsterer als sonst, zweifellos wegen des Wetters. Sie macht den Regenschirm zu. Beim Weitergehen hört sie nur das Echo ihrer Schritte. Von einer Stelle der Wand, dort, wo es am dunkelsten ist, flattert plötzlich ein großer gefleckter Falter auf. Sie bleibt stehen, um einen Moment die auf- und zuklappenden Flügel zu beobachten. Der Falter landet an der Decke und bewegt sich nicht mehr, als hätte er die heimliche Zuschauerin entdeckt.

Ihr Ehemann filmte für sein Leben gern alles, was Flügel hat. Vögel, Schmetterlinge, Flugzeuge, sogar Eintagsfliegen. Seine Begeisterung für deren Flugmanöver hatte sie überrascht. Ihrer Meinung nach hatte dies nichts mit seinen übrigen Werken zu tun. Aber was wusste sie schon von Kunst. Eines Tages fragte sie ihn: »Was hat dieses Bild denn darin verloren?« Nach Aufnahmen von einer zusammenstürzenden Brücke und von weinenden Menschen auf einer Beerdigung war plötzlich hoch oben am Himmel der schwarze Schatten eines Vogels zu sehen gewesen.

»Einfach so«, antwortete er. »Das ergibt sich von selbst. Wenn ich so eine Szene in den Film einfüge, fühle ich mich besser.« Mehr sagte er nicht dazu. Er war nie besonders gesprächig gewesen.

Hatte sie jemals zu der wahren Persönlichkeit ihres Mannes durchdringen können? Er umgab sich mit einer Mauer des Schweigens, die unüberwindbar zu sein schien, und lebte nur für seine Arbeit. Die von ihm inszenierten und auf Ausstellungen gezeigten Videos waren zwischen zwei

Minuten und einer Stunde lang. Bevor sie ihn kennengelernt hatte, wusste sie noch nicht einmal, dass es diese Art von Kunst überhaupt gibt. Sie hatte gehofft, durch seine Werke mehr von ihm zu erfahren. Allen Bemühungen zum Trotz war es ihr jedoch nicht gelungen, ihre Bedeutung zu erfassen.

Sie erinnert sich an den Nachmittag, an dem sie ihn das erste Mal traf. Dünn wie eine Bohnenstange, Dreitagebart und über der Schulter eine Kameratasche, die schwer aussah, betrat er ihren Laden. Er kam ihr erschöpft vor, da er sich mit beiden Unterarmen auf einer Glasvitrine abstützte, bevor er nach einer Aftershave-Lotion fragte. Sie fürchtete, er würde gleich mit dem Möbelstück zusammenbrechen. Aber etwas an ihm gefiel ihr, und so fragte sie ihn spontan, obwohl sie in Liebesdingen nicht besonders erfahren war: »Haben Sie schon zu Mittag gegessen?« Er blickte sie relativ ausdruckslos an, was sie allerdings seiner körperlichen Verfassung zuschrieb. Der Mann wirkte so harmlos, dass sie keinerlei Misstrauen hegte. Sie sperrte also ihr Geschäft zu, um mit ihm ein verspätetes Mittagessen einzunehmen.

Seit diesem Tag war ihr nur daran gelegen, dass er genügend Erholung bekam. Aber trotz aller Bemühungen ihrerseits sah er immer abgespannt aus, auch nach ihrer Heirat. Er wurde von seiner Arbeit sehr in Anspruch genommen und war selten zu Hause. Wenn doch, dann wirkte er wie ein Fremdkörper, ein Reisender in einem Hotelzimmer. Vor allem wenn er nicht so vorankam, wie er wollte, lastete sein zähes Schweigen schwer auf ihr.

Sie realisierte erst nach einiger Zeit, dass eigentlich sie diejenige war, die eine Atempause nötig hatte, nicht er. Sie hatte ihre Bedürfnisse auf diesen müden Mann projiziert. Sie war diejenige, die mit neunzehn ihr Elternhaus verlassen und ohne fremde Hilfe in Seoul ihren Weg gemacht hatte. Plötzlich war sie sich auch ihrer Liebe zu ihm nicht mehr sicher und zweifelte an seiner. Sie wusste jedoch, dass er sie brauchte, weil er im täglichen Leben linkisch war. Er war linkisch, um nicht zu sagen unbeholfen, und unfähig zu Mitgefühl oder gar Schmeichelei. Ihr gegenüber war er dennoch immer freundlich. Er misshandelte sie nicht, und in seinem Blick lag manchmal so etwas wie Respekt.

»Ich verdiene dich nicht«, hatte er ihr eines Tages gesagt, noch bevor sie verheiratet waren. »Du bist so gut, so ausgeglichen und bewahrst immer die Ruhe. Deine Ausstrahlung ist ganz natürlich. Du beeindruckst mich.«

In ihren Ohren klang das himmlisch. Wahrscheinlich weil ihr die wahre Bedeutung seiner Komplimente entging. Es war nämlich seine Art zuzugeben, dass er nicht wirklich verliebt in sie war.

Vielleicht waren seine Videos das Einzige, was er wirklich liebte. Die, die er schon gedreht hatte, und die, die in Planung waren. Nach der Hochzeit hatte sie das erste Mal eine Ausstellung von ihm besucht. Zu ihrem Erstaunen stellte sie fest, dass dieser empfindliche Mann, der immer kurz vor dem Zusammenbruch stand, mit seiner Kamera an so vielen Orten gewesen war. Sie konnte sich kaum vorstellen, welche Anstrengungen er unternommen haben musste, um an diesen ungewöhnlichen Plätzen drehen zu können. Auch der Antrieb, der Mut und die Geduld, die er an den Tag gelegt hatte, um all die Momente festzuhalten. Kurz, sie hatte nicht gewusst, dass er eine solche Leidenschaft für seine Arbeit hatte. Sie bemerkte den himmelweiten Unterschied zwischen der Begeisterung, mit der er seine Kunst umsetzte, und seinem Verhalten im täglichen Leben. Im Alltag wirkte er wie ein Fisch, den man in ein Aquarium gesperrt hatte. Diese beiden Facetten konnten eigentlich nicht zu demselben Mann gehören.

Ein einziges Mal sah sie seine Augen leuchten. Ziu hatte gerade seinen ersten Geburtstag gefeiert und begann die ersten Schritte zu machen, da holte er seine Kamera. Er filmte, wie sein Sohn durch das sonnendurchflutete Wohnzimmer schwankte. Als der Kleine schließlich in die Arme seiner Mutter fiel und sie ihn auf die Stirn küsste, da verkündete ihr Mann: »Bei jedem von Zius Schritten könnte ich mit Bildbearbeitung eine Blume aus seinem Fußabdruck sprießen lassen. Wie in den Filmen von Miyazaki Hayao. Oder besser noch, einen Schmetterlingsflug einfügen! Dazu müssen wir das unbedingt noch einmal auf einer Wiese drehen.« Dabei leuchteten seine Augen derart lebendig von innen heraus. Nachdem er ihr die Bilder gezeigt und die Funktionsweise der Kamera erklärt hatte, fuhr er fort, von den Szenen zu schwärmen, die ihm vorschwebten: »Ihr beide in Weiß gekleidet! Nein, Weiß reflektiert zu sehr. Vielleicht ist es besser, wenn ihr etwas Schlichtes anhabt. Ja, das ist es. Ein Picknick mit Mutter und Kind, ganz bescheiden. Schmetterlinge in allen Farben erheben sich wie durch Zauberhand in die Luft, jedes Mal, wenn der Kleine einen wackligen Schritt macht …«

Aber sie gingen nie zu der Wiese. Und inzwischen ist Zius Gang nicht mehr unsicher. Die Schmetterlinge, die bei jedem Schritt des Kindes auffliegen, gibt es nur noch in ihrer Vorstellung.

Solange sie sich erinnern kann, wirkte er immer abgehetzt. Er verbrachte seine Zeit im Atelier, einschließlich der Wochenenden und der Nächte, schien aber nie das zu finden, was er suchte. Auch nicht, als er einmal einen ganzen Tag lang ziellos umhergelaufen war, mit dem einzigen Erfolg, dass seine Turnschuhe schwarz vor Dreck waren. Manchmal wachte sie im Morgengrauen auf und sah Licht im Badezimmer. Es gab ihr jedes Mal einen Stich, wenn sie ihren Mann völlig bekleidet und verkrümmt in der Badewanne vorfand.

»Ist Papa nicht da?«, fragt Ziu, nicht erst seit dieser fort ist. Diese Frage stellt er seit Jahren jeden Morgen.

»Nein«, antwortet sie kurz und fügt im Brustton der Überzeugung hinzu: »Es gibt hier nur dich und mich, und das wird auch immer so bleiben.«

*

Bei diesem Regen wirken die Gebäude der Klinik verlassen und der dunkelgraue Beton schien noch düsterer als sonst. Die Zimmer, die im ersten und zweiten Stock liegen, haben Gitter vor den Fenstern. Bei gutem Wetter ist dort niemand zu sehen, aber sobald es regnet, tauchen hier und dort zwischen den Stäben Gesichter auf, versunken in den Anblick des Regens. Nachdem sie einen Blick zu Yong-Hyes Zimmer im zweiten Stock des Anbaus geworfen hat, geht sie auf den Eingang zu. Er befindet sich neben der Verwaltung, und von dort aus betritt man den Besucherraum und den Kiosk.

»Ich habe einen Termin mit Doktor Pak In-Ho.«

Die Angestellte am Empfang erkennt sie und grüßt. In-Hye schließt das Klettband ihres tropfenden Regenschirms und setzt sich auf eine Holzbank. Während sie auf den Arzt wartet, wendet sie den Kopf, um wie immer die Ulme zu bewundern, die im Innenhof steht. Es ist ein alter Baum, der ausschaut, als sei er mindestens vierhundert Jahre alt. Bei schönem Wetter, wenn die Sonnenstrahlen zwischen den unzähligen Ästen hervorblitzen, meint sie, der Baum wolle ihr etwas mitteilen. Aber heute ähnelt er eher verschlossenen Individuen, die ein Geheimnis um ihre Gedanken machen. Die Rinde des alten Stammes ist dunkel von der Nässe, während die Blätter den Regenguss zitternd über sich ergehen lassen. Vor den Baum schiebt sich nun wie ein Geist das Bild Yong-Hyes, und sie sieht es stumm und durchdringend an.

Sie schließt ihre blutunterlaufenen Augen und öffnet sie erst eine ganze Weile später. Der Baum, immer noch stumm, rückt erneut in ihr Blickfeld. Ziu geht es inzwischen besser, und er ist wieder im Kindergarten. Nur sie tut sich nach wie vor schwer, Schlaf zu finden. Seit drei Monaten schon schläft sie nie länger als eine Stunde am Stück. Yong-Hyes Stimme, der Wald, in dem schwarzer Regen fällt, und ihr eigenes Gesicht mit dem blutenden Auge unterteilen die langen Nächte in Fragmente. Wie Scherben.

Wenn sie es schließlich aufgibt, schlafen zu wollen, und aufsteht, ist es meistens drei Uhr morgens. Sie wäscht sich das Gesicht, putzt sich die Zähne, kocht, räumt auf, aber die Zeiger der Wanduhr weigern sich standhaft vorzurücken, als seien sie mit Blei beschwert. Zu guter Letzt geht sie in das ehemalige Arbeitszimmer ihres Mannes und hört die CDs, die er zurückgelassen hat. Manchmal läuft sie auch im Raum auf und ab, wie er es früher getan hat. Oder sie legt sich angezogen in die Badewanne, weil sie hofft, ihn dadurch endlich zu verstehen. Er hatte bestimmt keine Kraft mehr, seine Kleider auszuziehen, und schon gar nicht, sich unter die Dusche zu stellen und die Temperatur zu regeln. Sie wird sich bewusst, dass sie sich in dieser leeren und beengten Wanne geborgener fühlt als in dem ganzen Rest des 100 m^2 großen Apartments.

In diesen Momenten fragt sie sich oft, wann das Ganze angefangen hat. Oder vielmehr, ab wann es bergab gegangen ist.

Yong-Hye war drei Jahre zuvor wunderlich geworden, als sie plötzlich zur Vegetarierin wurde. Das ist an und für sich keine außergewöhnliche Sache. Was den Fall ihrer Schwester besonders machte: Keiner wusste, warum sie aufhörte, Fleisch zu essen. Sie nahm dermaßen ab, dass sie nur noch aus Haut und Knochen bestand. Sie schlief kaum mehr. Von Haus aus nicht sehr gesprächig, zog sie sich immer weiter in sich zurück, bis man sich überhaupt nicht mehr mit ihr unterhalten konnte. Ihr Mann und ihre Familie machten sich große Sorgen um sie. Es begann ungefähr zu der Zeit, als In-Hye mit ihrem Mann umgezogen war. Anlässlich der Wohnungseinweihung gab es eine Familienfeier, bei der ihr Vater Yong-Hye ohrfeigte und ihr Fleisch in den Mund zwang. In-Hye zitterte, als sei sie selbst geschlagen worden. Erstarrt sah sie zu, wie ihre Schwester das Fleisch wieder ausspuckte, vollkommen durchdrehte und sich mit einem Küchenmesser das Handgelenk aufschnitt.

Hätte sie es verhindern können? Vielleicht ihren Vater zurückhalten? Oder die Hand ihrer Schwester ergreifen, mit der sie das Messer gepackt hatte? Ihren Mann daran hindern, die Schwägerin auf dem Rücken ins Krankenhaus zu tragen? Ihren Schwager überzeugen, seiner Frau nach der Entlassung nicht eiskalt den Rücken zuzudrehen? Hätte sie vorausschauen und ihren Mann davon abbringen können, ihrer Schwester das anzutun, was er ihr angetan hat? Diese Sache, über die sie nie mehr sprechen wollte und die sich zu einem vulgären Skandal ausgewachsen hatte? Hätte sie verhindern können, dass ihre Familie auseinanderfiel, wie der Sand einer Düne?

Am liebsten hätte sie nie erfahren, wozu der grünliche Mongolenfleck auf Yong-Hyes Gesäß ihren Mann inspiriert hatte. Was sie an jenem Herbstmorgen gesehen hatte, als sie ihrer Schwester Essen bringen wollte, widersprach dem gesunden Menschenverstand und überstieg ihr Fassungsvermögen. Er hatte Yong-Hyes und seinen Körper mit bunten Blumen bemalt, anschließend mit ihr geschlafen und das Ganze gefilmt.

Hätte sie das voraussehen können? War ihr irgendetwas entgangen, Anzeichen in seinem Verhalten, eine Andeutung? Hätte sie ihm eindringlicher klarmachen müssen, wie krank ihre Schwester war und dass sie noch Medikamente nahm?

Sie hatte sich nicht träumen lassen, dass der Mann, der neben ihrer nackten, mit roten und gelben Blumen bepinselten Schwester lag, ihr eigener Ehemann war. Nur weil sie sie beschützen wollte, ergriff sie nicht sofort die Flucht, sondern kämpfte gegen ihre Angst an. Aus ihrem unbeugsamen Pflichtgefühl heraus hatte sie die Kamera aufgehoben, die neben der Tür stand, und sich die Aufnahme angesehen. Ihr Mann selbst hatte ihr die Handhabung beigebracht. Wie in Trance, unfähig, die Tatsachen wirklich zu begreifen, nahm sie die Kassette heraus und ließ sie sofort wieder fallen, als hätte sie sich daran verbrannt. Gleichzeitig tippte sie mit zitternden Fingern die Nummer des Notrufs in ihr Handy, damit der Notarzt kam und die beiden psychisch Kranken abholte. Sie konnte einfach nicht verstehen, was sie da sah. Was ihr Mann gemacht hatte, war jedenfalls unverzeihlich, das war sicher.

Es war schon nach Mittag. Er wachte als Erster auf, Yong-Hye kurz nach ihm. Gleich darauf trafen drei Rettungssanitäter ein, versehen mit Zwangsjacken und Schutzausrüstung. Zwei von ihnen eilten gleich auf den Balkon, auf dem sich Yong-Hye unterdessen in eine gefährliche Lage gebracht hatte. Sie setzte sich heftig zur Wehr, biss einen von ihnen in den Arm und schrie Unverständliches. Mit Mühe konnten sie der wild um sich Schlagenden eine Beruhigungsspritze geben. Ihr Mann versuchte unterdessen, die Situation auszunutzen und zu fliehen, indem er den an der Tür stehenden dritten Sanitäter beiseiteschubste. Doch dieser bekam ihn an einem Arm zu fassen. Daraufhin gelang es ihrem Mann, sich unter Aufbietung all seiner Kräfte loszureißen und auf den Balkon hinauszustürzen. Er hatte die Absicht fortzufliegen, wie ein Vogel. Einer der Männer war jedoch schnell genug und es gelang ihm, ihn zu fixieren. Damit war sein Widerstand gebrochen.

In-Hye beobachtete die Szene, am ganzen Körper bebend, blieb aber bis zum bitteren Ende. Als ihr Blick den ihres Mannes traf, während sie ihn hinausbrachten, versuchte sie in seinen Augen etwas zu lesen. Da war keine Lüsternheit, kein Wahnsinn, kein Schuldbewusstsein, kein Groll. Nur Angst, ähnlich der, die sie gerade empfand.

Es war vorbei. Ihr Leben würde nie wieder wie vorher sein.

Er wurde von den Ärzten für zurechnungsfähig erklärt und wegen Ehebruchs verhaftet. Nach einem monatelangen Gerichtsprozess und einer Vielzahl von Bittgesuchen zu seinen Gunsten wurde er wieder auf freien Fuß gesetzt. Daraufhin verschwand er spurlos, und sie hat ihn seitdem nicht wieder gesehen. Yong-Hye hingegen blieb in der geschlossenen psychiatrischen Anstalt. Sie hatte sich in der Zwischenzeit erholt und zu sprechen begonnen. Aber seit besagtem Vorfall war sie in ihre Gedankenwelt abgetaucht, hockte vorzugsweise an sonnigen Orten und murmelte Unverständliches vor sich hin. Sie aß immer noch kein Fleisch. Stellte man ihr doch einmal etwas hin, das in irgendeiner Art Fleisch enthielt, sprang sie auf und lief schreiend davon. An sonnigen Tagen war sie nicht vom Fenster wegzubekommen. Sie knöpfte dann ihre Krankenhausjacke auf und legte ihren Busen frei. Ihre Eltern, die durch den Vorfall alt und krank geworden sind, wollten ihre jüngere Tochter nicht mehr sehen. Auch den Kontakt zu ihrer älteren hatten sie abgebrochen, weil sie durch sie immer an den Schwiegersohn erinnert wurden, der in ihren Augen schlimmer war als eine Bestie. Ihr Bruder und dessen Frau hatten ähnlich reagiert. Sie war die Einzige, die Yong-Hye nicht aufgeben konnte. Außerdem musste jemand die Klinikkosten bezahlen und als Bezugsperson zur Verfügung stehen.

Für In-Hye ging das Leben weiter. Sie führte ihr Geschäft, verfolgt vom Tratsch, der einfach nicht aufhörte. Ziu, der in jenem Herbst fünf gewesen war, würde demnächst seinen sechsten Geburtstag feiern. Die Zeit war ein unerbittlicher und strenger Fluss, der das Leben dieser selbstbeherrschten Frau mit sich riss.

Schon von frühester Kindheit an hatte In-Hye einen starken Willen, den man brauchte, um es im Leben zu etwas zu bringen. Es gab keine Situation, mit der sie nicht zurechtkam, und Ernsthaftigkeit lag in ihrem Naturell. Bei allem, was sie tat, gab sie ihr Bestes. Egal ob als Tochter, große Schwester, Ehefrau, Mutter, Geschäftsfrau oder Fahrgast in der U-Bahn. Dieser Charakterzug hätte ihr zweifelsfrei geholfen, die unschöne Episode mit der Zeit hinter sich zu lassen, wäre da nicht Yong-Hyes Verschwinden im vergangenen März gewesen, wäre ihre Schwester nicht in dem Wald in dieser regnerischen Nacht wiedergefunden worden und wären daraufhin ihre Symptome nicht schlimmer geworden.

*

Tack, tack, tack. Das Geräusch energischer Schritte kündigt vom anderen Ende des Ganges die Ankunft des jungen Psychiaters an. Er trägt einen weißen Kittel. Sie steht auf und begrüßt ihn, was er mit einer leichten Neigung des Kopfes quittiert. Er weist ihr mit dem Arm den Weg zu seinem Untersuchungszimmer, und sie folgt ihm gehorsam.

Der Mann geht auf die vierzig zu, ist etwas rundlich, mit der Tendenz zum Übergewicht, was aber seinem Aussehen nicht abträglich ist. Sein Gesichtsausdruck und sein Gang strahlen Selbstbewusstsein aus. Er setzt sich hinter seinen Schreibtisch und sieht In-Hye stirnrunzelnd an. Sie spürt, dass es ihm nicht leichtfällt, das Gespräch zu beginnen, was sie entmutigt.

»Meine Schwester …«

»Wir haben unsere Möglichkeiten ausgeschöpft. Ihr Zustand hat sich nicht gebessert.«

»Also, heute …« Sie wird rot, als hätte sie einen Fehler gemacht.

Er beendet an ihrer Stelle den Satz: »Heute werden wir versuchen, ihr über die Sonde etwas Reissuppe einzuflößen. Wenn sich dann ihr Zustand nicht wenigstens ein bisschen bessert, werden wir sie auf eine Intensivstation in einem Krankenhaus verlegen müssen.«

Sie bittet ihn: »Erlauben Sie, dass ich mit ihr spreche?«

Der Arzt bedenkt sie mit einem skeptischen Blick. Er scheint verstimmt zu sein. Vielleicht ist er wütend auf diese Patientin, die sich seinen Bemühungen widersetzt. Nach einem kurzen Blick auf die Uhr erklärt er: »Ich gebe Ihnen eine halbe Stunde. Wenn es klappt, dann sagen Sie dem Pflegepersonal Bescheid. Wenn nicht, dann sehe ich Sie in zwei Stunden wieder.«

Er scheint auf dem Sprung zu sein, will aber offensichtlich das Gespräch nicht so abrupt beenden. Deswegen setzt er hinzu: »Wie ich Ihnen schon beim letzten Mal gesagt habe, von den Patienten, die an nervlich bedingter Magersucht leiden, sterben 15 bis 20 Prozent. Obwohl sie nur noch aus Haut und Knochen bestehen, bilden sie sich ein, sie seien dick. In den meisten Fällen ist die Ursache dafür der Konflikt mit einer dominanten Mutter. Allerdings ist Ihre Schwester ein Spezialfall. Bei ihr kommt zu der Magersucht noch Schizophrenie hinzu. Ich dachte anfangs, diese sei nicht besonders ausgeprägt. Ich gebe zu, ich hatte nicht erwartet, dass die Krankheit einen solchen Verlauf nehmen würde. Wenn sie eine einfache Phobie hätte, vor Giften beispielsweise, dann könnte man sie davon befreien, indem ein Arzt in ihrer Gegenwart das Essen vorkostet. Aber im Fall von Frau Kim Yong-Hye sind die Ursachen für ihr Verhalten unklar, und die Medikamente schlagen nicht an. Was ich Ihnen jetzt sage, fällt mir nicht leicht. An erster Stelle steht im Moment, sie am Leben zu erhalten. Und wir haben hier nicht die Ausstattung, um dies zu garantieren.« Dann sagt er, wahrscheinlich aus beruflichem Scharfblick: »Sie sehen schlecht aus. Schlafen Sie gut?«

Sie zögert zu antworten.

»Passen Sie auf sich auf, Ihrer Schwester zuliebe.«

Nach einem kurzen Kopfnicken beiderseits öffnet er die Tür und entfernt sich ebenso geräuschvoll, wie er gekommen war. Tack, tack, tack. Während sie noch aus dem Zimmer tritt, sieht sie ihn schon am Ende des Gangs verschwinden.

Als sie zu der Bank vor dem Verwaltungsbüro zurückkommt, sieht sie, wie ein Paar mittleren Alters die Klinik betritt. Die Frau ist wie aus dem Ei gepellt und hält sich elegant am Arm ihres Begleiters fest. Ob sie wohl einen Patienten besuchen? Einen Augenblick später gibt sie plötzlich einen Schwall wüster Beschimpfungen von sich. Der Mann scheint daran gewöhnt zu sein, denn er nimmt keine Notiz davon und entnimmt seelenruhig aus seiner

Brieftasche eine Krankenversicherungskarte, die er der Angestellten am Empfang reicht.

»Aasgeier! Die Gedärme sollte man euch rausreißen! Ich gehe ins Ausland. Ich halte es keinen Tag länger mit euch Arschlöchern aus!«

Er wirkt nicht so, als sei er der Ehemann. Ihr Bruder vielleicht? Nachdem die Aufnahmeformalitäten erledigt sind, wird sie ihre erste Nacht wahrscheinlich in der Gummizelle verbringen. Höchstwahrscheinlich wird man ihre Arme und Beine fixieren, bevor man sie mit einer Beruhigungsspritze ruhigstellt. In-Hye betrachtet den Hut der Dame, der mit einem knalligen Blumenmuster verziert ist. Dabei wird ihr klar, dass ihr der Anblick von psychisch Kranken nichts mehr ausmacht. Seit sie diese Anstalt regelmäßig besucht, fühlt sie sich eher in einer ruhigen Straße unter normalen Menschen fremd.

Sie erinnert sich an den Tag, an dem sie Yong-Hye in die Klinik brachte. Es war ein schöner Nachmittag im Frühwinter. Da sie sich die Unterbringung in einem psychiatrischen Haus in der Hauptstadt nicht leisten konnte, hatte sie längere Zeit nach einer Alternative gesucht, bis sie schließlich diese Klinik fand. Sie hat den Ruf, die Patienten gut zu behandeln. Der Arzt aus der Stadt, der schließlich die Verlegung ihrer Schwester organisierte, hatte ihr gegenüber die Meinung vertreten, eine stationäre Unterbringung sei nicht mehr notwendig: »Unserer Einschätzung nach hat sich ihr Zustand verbessert. Sie wird vielleicht nicht mehr am gesellschaftlichen Leben teilnehmen können, aber es kann sein, dass sie im familiären Umfeld wieder ganz normal agieren kann.«

Darauf hatte sie nur geantwortet: »Das letzte Mal wurde sie auch auf Ihren Rat hin aus der Psychiatrie entlassen. Wie Sie sehen, hat sich das als Irrtum erwiesen.«

Im gleichen Augenblick wusste sie, dass sie dem Arzt gegenüber nicht aufrichtig war. In Wirklichkeit hatte sie keine Angst, dass Yong-Hye wieder einen Rückfall erlitt, sondern konnte sich einfach nicht vorstellen, ihre Schwester bei sich aufzunehmen. Diese erinnerte sie zu sehr daran, was passiert war, und sie wäre nicht in der Lage, das zu ertragen. Wenn sie ehrlich mit sich selbst war, dann musste sie zugeben, dass sie Yong-Hye hasste. Sie konnte ihr nicht verzeihen, was sie alles wegen ihr und ihrer Verantwortungslosigkeit durchmachen musste. Yong-Hye hatte eine Grenze überschritten und sie in der Scheiße sitzen lassen.

Glücklicherweise wollte Yong-Hye in der neuen Klinik bleiben. »Ich fühle mich hier wohl«, hatte sie dem Arzt erklärt. Sie trug einfache Kleidung und schien ruhig zu sein. Ihr Blick war klar, und um den Mund herum hatte sie einen energischen Zug. Man hätte annehmen können, sie sei wieder ganz normal, wenn da nicht ihre Unterernährung gewesen wäre. Sie war schon immer dünn gewesen, aber jetzt war sie richtig dürr.

Während der Taxifahrt hatte Yong-Hye die ganze Zeit nach draußen geschaut, ohne das geringste Anzeichen von Beunruhigung. Sobald sie dann angekommen waren, war sie ganz gemächlich ihrer Schwester gefolgt, als unternähmen sie einen Spaziergang. Sie war dermaßen ruhig, dass die Dame am Empfang gefragt hatte: »Wer von Ihnen beiden ist denn die Kranke?«

Während sie warteten, sagte In-Hye zu ihrer Schwester: »Hier ist die Luft sauber. Das wird deinen Appetit anregen. Du wirst ausgiebig essen und zunehmen.«

Yong-Hye, die nach und nach die Sprache wiedergefunden hatte, schaute durch das Fenster auf die Ulme und meinte: »Ja … Hier gibt es große Bäume.«

In der Zwischenzeit hatte die Aufnahme dem Pflegedienst Bescheid gegeben. Ein kräftiger Mann erschien und machte sich daran, Yong-Hyes Tasche sorgfältig zu überprüfen. Unterwäsche, Alltagskleidung, Hausschuhe, Waschbeutel. Stück für Stück faltete er die Kleidung auseinander. Er stellte wahrscheinlich sicher, dass keine Schnur und keine Sicherheitsnadeln darin waren. Nachdem er den langen, dicken Gürtel eines Mantels einbehalten hatte, forderte er sie auf, ihm zu einem Anbau zu folgen, in dem die Patienten untergebracht waren. Er musste die Tür dazu mit einem Schlüssel öffnen. Yong-Hye wirkte unbeteiligt, während In-Hye das Pflegepersonal begrüßte. Als sie schließlich die Tasche ihrer Schwester in das Zimmer brachte, das diese mit fünf anderen teilen würde, fiel ihr als Erstes das vergitterte Fenster auf. Sofort wurde ihr das Herz schwer, und sie fühlte sich schuldig, ein Gefühl, das sie bis dahin nicht gekannt hatte. Ratlos blieb sie stehen. In diesem Moment kam Yong-Hye zu ihr.

»Sogar von hier aus sieht man die Bäume.«

In-Hye sagte sich: »Sei stark, das ist eine Last, die du nicht tragen musst. Niemand wirft dir etwas vor. Du hast dich bis jetzt einwandfrei verhalten.« Sie wagte es nicht, Yong-Hye anzusehen, die neben ihr stand. Stattdessen starrte sie auf die blassen Wintersonnenstrahlen, die durch das immer noch dichte Nadelkleid der Lärchen gebrochen wurden.

Als ob sie sie trösten wollte, sagte Yong-Hye leise und ruhig: »Große Schwester.« Ihre alte schwarze Jacke roch leicht nach Mottenkugeln. Da In-Hye nicht reagierte, raunte sie: »Große Schwester! … Ich glaube, alle Bäume der Welt sind Geschwister.«

*

Sie durchquert Abteilung 2, in der Landstreicher und die geistig Behinderten untergebracht sind, und erreicht Abteilung 1. Dort stehen die Kranken an der Glastür herum und starren nach draußen. Vielleicht weil sie wegen des Regens auf den Spaziergang verzichten müssen und ihren Freiheitsdrang nicht ausleben können. In-Hye drückt auf den Klingelknopf. Ein Krankenpfleger kommt mit dem Schlüssel in der Hand aus dem Stationsbüro. Da die Verwaltung sie angekündigt hat, erwartet er sie schon. Er gehört zum Personal des zweiten Stockwerks, wo Yong-Hye untergebracht ist.

Nun tritt er aus der Glastür und sperrt hinter sich gleich wieder ab. Sie sieht eine junge Patientin, die sich die Nase von innen an der Scheibe plattdrückt. Ihre leeren Augen verfolgen jede Bewegung In-Hyes und starren sie auf eine Art an, wie es kein normaler Mensch je tun würde.

»Was macht meine Schwester gerade?«, fragt sie auf der Außentreppe, die zum zweiten Stock führt und ebenfalls mit einer Tür gesichert ist.

Der Pfleger dreht sich um und schüttelt nur mit dem Kopf: »Fragen Sie nicht! Sie hat sich die Infusion immer wieder herausgerissen. Wir mussten sie fixieren und in einer gepolsterten Zelle ruhigstellen. Es ist uns vollkommen schleierhaft, wie sie sich in ihrem Zustand dermaßen wehren kann.«

»Und dort ist sie jetzt?«

»Nein, vor kurzem ist sie aufgewacht. Wir haben sie dann wieder in ihr Zimmer gebracht. Man hat Ihnen bestimmt gesagt, dass wir um zwei Uhr versuchen wollen, ihr mit der Sonde etwas Reissuppe einzutrichtern?«

Sie folgt ihm in den Vorraum des zweiten Stocks, der bei schönem Wetter sehr heiter wirkt, wenn ältere Patienten auf den Bänken am Fenster in der Sonne sitzen oder Tischtennis spielen und fröhlicher Musik aus dem Schwesternzimmer lauschen. Aber heute scheint durch den Regen alles etwas verwässert zu sein. Wahrscheinlich sind einige der Kranken auf ihren Zimmern, denn der Raum ist ziemlich leer. Da sind ein paar Alzheimerpatienten, die in sich zusammengesunken an ihren Fingernägeln kauen oder ihre Füße anstarren. Andere pressen stumm ihre Gesichter ans Fenster. Die Tischtennisplatte ist verwaist. Sie wirft einen Blick in den westlichen Teil des Ganges, der wegen der großen Fensterfront am Nachmittag normalerweise ganz besonders sonnendurchflutet ist.

Bei ihrem letzten Besuch im März kam Yong-Hye nicht in den allgemeinen Besucherraum. Das war kurz vor ihrem Verschwinden in den regennassen Wald. Als sie die Oberschwester vom Empfang aus anrief, bekam sie die Information, dass sich ihre Schwester schon seit einigen Tagen weigerte, den Anbau zu verlassen. Selbst während des täglichen Spaziergangs, auf den die anderen Patienten sehnlichst warteten, blieb sie in ihrem Zimmer. In-Hye bat, sie trotzdem sehen zu dürfen, sie habe schließlich extra einen weiten Weg auf sich genommen und der sei sonst vergeblich gewesen. Daraufhin holte eine Krankenschwester sie ab.

Am Ende des Ganges sah In-Hye eine wirre Patientin kopfüber auf den Händen stehen. Nicht im Entferntesten kam sie auf die Idee, es könne sich um ihre Schwester handeln. Erst als ihre Begleitung auf diese Person zusteuerte, erkannte sie deren langes, dichtes Haar. Tatsächlich trugen ihre Schultern ihr ganzes Gewicht, und ihr Kopf war schon ganz rot wegen des Blutes, das sich dort angesammelt hatte.

»Seit einer halben Stunde ist sie schon in dieser Position«, erklärte ihr die Krankenschwester. Man hörte deutlich die Hilflosigkeit aus ihrer Stimme heraus. »Vor zwei Tagen hat sie damit angefangen. Dabei ist sie vollkommen bei Verstand und spricht auch. Ganz anders als andere Patienten mit Nervenleiden. Bis gestern haben wir sie immer wieder mit Gewalt auf ihr Zimmer zurückgebracht, trotzdem hat sie einfach weitergemacht. Wir können sie aber auch nicht ständig festbinden.« Bevor sie ins Stationszimmer zurückging, hatte sie hinzugefügt: »Sie fällt um, wenn Sie sie leicht anstoßen. Falls sie nicht mit Ihnen redet, können Sie das versuchen. Wir wollten sie sowieso langsam auf ihr Zimmer bringen.«

Nachdem die Krankenschwester gegangen war, kniete sich In-Hye neben ihre Schwester und versuchte, Augenkontakt mit ihr aufzunehmen. Ein auf dem Kopf stehendes Gesicht wirkt immer seltsam. Obwohl sie so mager war, hing ihre Haut nach unten, was ihr ein bizarres Aussehen gab. Ihre lebhaften und glänzenden Augen fixierten einen Punkt im Unendlichen. Sie schien die Anwesenheit ihrer Schwester nicht bemerkt zu haben.

»Yong-Hye.« Keine Reaktion. Sie versuchte es erneut. »Yong-Hye! Was machst du denn da? Stell dich wieder auf die Füße.« Sie legte ihre Hand auf die krebsrote Wange ihrer Schwester. »Steh auf, Yong-Hye. Hast du nicht schon längst Kopfweh? Du bist ganz rot.« Schließlich stieß sie sie an. Tatsächlich fiel Yong-Hye um, und ihre Beine landeten auf dem Boden. Mit einem Arm umfasste In-Hye den Nacken ihrer Schwester, um dieser hochzuhelfen.

»Große Schwester!« Ein Lächeln breitete sich über Yong-Hyes Gesicht aus. »Seit wann bist du da?« Ihr Gesicht strahlte, als sei sie gerade aus einem sehr schönen Traum gerissen worden.

Eine Krankenpflegerin, die das Ganze beobachtete, kam und führte sie zu einem kleinen Zimmer in einer Ecke des

Vorraums. Sie erklärte, es sei für Besuche bei denjenigen Patienten gedacht, die zu krank waren, um die Treppe hinunterzusteigen und in den allgemeinen Empfangsraum zu gehen. Vielleicht war es auch für Gespräche mit den Psychiatern bestimmt.

Als Yong-Hye sah, dass ihre Schwester wie immer das mitgebrachte Essen auspacken wollte, rief sie schnell aus: »Große Schwester, mach dir damit in Zukunft keine Mühe.« Sie lächelte: »Ich brauche kein Essen mehr.«

»Wie meinst du das?« Gebannt blickte sie Yong-Hye an. Sie hatte sie schon lange nicht mehr so strahlend gesehen. Vielleicht sogar noch nie. Sie wollte wissen: »Was hast du denn vorhin eigentlich gemacht?«

»Du weißt es?«, wich Yong-Hye einer Antwort aus.

»Was?«

»Ich wusste es nicht. Ich habe geglaubt, Bäume stünden aufrecht an einem Fleck. Jetzt habe ich aber verstanden, sie stehen dort mit dem Kopf nach unten. Schau genau hin. Unglaublich, oder?« Dabei sprang sie auf und zeigte auf das Fenster. »Die Bäume stehen alle verkehrt herum.« Sie fing an zu kichern. Ihre geschlossenen Lider waren nur zwei schwarze Striche, bis sie schließlich in herzhaftes Lachen ausbrach.

In-Hye fühlte sich sofort an die gemeinsame Kindheit erinnert.

»Weißt du, wie ich darauf gekommen bin? In einem Traum! Ich mache einen Kopfstand. Blätter wachsen aus meinem Körper, und meine Hände schlagen Wurzeln. Ich verschmelze mit der Erde, endlos, endlos. Ich spreize meine Schenkel ganz weit, denn Blumen beginnen aus meinem Schoß zu sprießen, aber dann ...«

In-Hye schaut sprachlos in ihre leidenschaftlichen Augen.

»Ich brauche nur eine Injektion mit Wasser. Große Schwester, ich brauche keine Nahrung. Alles, was ich brauche, das ist Wasser.«

*

»Sie haben eine sehr anspruchsvolle Arbeit«, schmeichelt sie der Oberschwester. Dabei reicht sie ihr die Reiskuchen, die sie mitgebracht hat. Dann begrüßt sie die anderen Krankenhausangestellten. Wie immer wechseln sie ein paar Worte bezüglich Yong-Hyes Befinden.

Eine Frau in den Fünfzigern, die In-Hye regelmäßig für eine Krankenschwester hält, kommt vom Fenster herüber und verbeugt sich vor ihr.

»Ich habe Migräne. Können Sie bitte dem Doktor sagen, er soll mir andere Medikamente geben?«

»Ich gehöre nicht zum Personal. Ich besuche meine Schwester.«

Die Frau schaut sie flehend an: »Helfen Sie mir. Ich halte diese Kopfschmerzen nicht mehr aus. Wie soll man denn damit leben?«

Ein anderer Kranker, zwischen zwanzig und dreißig Jahre alt, schmiegt sich an In-Hyes Rücken. Solche Dinge kommen in einer psychiatrischen Klinik nun einmal vor, aber sie stört sich nicht mehr daran. Die Geisteskranken verhalten sich distanzlos, sowohl was Körperlichkeit als auch Augenkontakt anbelangt. Unter ihnen gibt es welche, die ganz in ihrer Welt leben und einen leeren Blick haben, und wiederum andere, die so klar im Kopf scheinen, dass man sie für Personal halten könnte. Ihre Schwester hat auch einmal dazugehört.

»Liebe Frau! Warum lassen Sie es zu, dass dieser Typ das mit mir macht? Er hört nicht auf, mich zu schlagen«, kreischt eine Frau in den Dreißigern in Richtung der Oberschwester. Jedes Mal, wenn In-Hye kommt, scheint ihr Verfolgungswahn stärker zu werden.

In-Hye nickt den Pflegerinnen noch einmal zu: »Ich werde jetzt zu meiner Schwester gehen.«

Die Mienen der Angesprochenen lassen darauf schließen, dass sie keine Hoffnung mehr für Yong-Hye sehen. Sie glauben offenbar nicht, dass In-Hyes Worte noch irgendetwas bewirken können.

Vorsichtig schlängelt sie sich durch die Patienten, penibel darauf achtend, keinen zu berühren. Sie geht durch den Gang auf der Ostseite zu Yong-Hyes Zimmer. Als sie durch die offene Tür tritt, stürzt sofort eine Frau mit kurzem Haar auf sie zu, nachdem sie erkannt hat, wer da kommt.

»Sie sind da!« Ihr Name ist Hizu, und sie macht eine Entziehungskur. Abgesehen von ihrem etwas gedrungenen Körper und ihrer rauen Stimme ist sie ganz hübsch. Vor allem wegen ihrer großen Augen. Die einigermaßen gesunden Patienten werden in dieser Klinik dazu ermuntert, sich um die Alzheimerkranken zu kümmern. Dafür bekommen sie von deren Familienangehörigen ein Taschengeld. Seit sich Yong-Hye wegen ihrer Unterernährung kaum mehr auf den Beinen halten kann, hat sich deshalb ihre Schwester an Hizu gewandt.

»Hoffentlich war es nicht zu anstrengend?«, erkundigt sich In-Hye lächelnd, nachdem sie sie begrüßt hat. Sofort legen sich zwei feuchte Hände in ihre.

»Was können wir nur machen? Yong-Hye wird bald sterben, das ist nicht zu übersehen.« In Hizus großen runden Augen stehen Tränen.

»Wie geht es ihr?«

»Sie hat wieder Blut gespuckt. Weil sie nichts isst, wird, soweit ich es verstehe, ihr Magen von der Magensäure angegriffen, und davon bekommt sie Krämpfe. Glauben Sie, das ist auch die Ursache dafür, dass sie Blut spuckt?« Hizu wird von heftigen Schluchzern geschüttelt. »Als ich angefangen habe, mich um sie zu kümmern, war das noch nicht so. Vielleicht hätte ich es verhindern können? Wie hätte ich wissen sollen, dass es so weit kommt? Ich wünschte, ich hätte ihre Pflege nicht übernommen, dann würde es jetzt nicht so wehtun.« Ihre Stimme wird immer unsicherer.

In-Hye lässt ihre Hände los und geht zum Bett. Sie wünschte, der Anblick wäre ihr erspart geblieben. Wenn nur jemand sie davon abgehalten hätte.

Yong-Hye liegt auf dem Rücken. Sie scheint den Blick fest auf etwas draußen vor dem Fenster gerichtet zu haben, aber bei näherer Betrachtung ist da nichts. An ihrem Gesicht, ihrem Hals, den Schultern, den Armen, den Beinen ist fast kein Fleisch mehr. Wie bei einer Hungerleidenden in einem Katastrophengebiet. Auf Wangen und Unterarmen bemerkt In-Hye einen feinen Flaum wie auf der Haut eines Babys. Durch das zu lange Fasten sei der Hormonspiegel komplett durcheinandergeraten, hatte einer der Ärzte ihr mitgeteilt. Wird Yong-Hye wieder zum Kind? Es ist eine ganze Weile her, dass sie das letzte Mal ihre Periode hatte. Ihre Brüste sind praktisch kaum noch vorhanden, und sie wiegt nicht einmal mehr dreißig Kilogramm. Sie steckt jetzt in diesem kindlichen Körper, dem jegliche sexuelle Ausstrahlung abhandengekommen ist.

In-Hye hebt das weiße Laken hoch und dreht Yong-Hye auf den Bauch. Ohne mit der Wimper zu zucken, lässt diese alles mit sich geschehen. Sie überprüft, ob es auf dem Rücken wundgelegene Stellen gibt. Die betroffene Stelle vom letzten Mal ist nicht mehr da. Ihr Blick bleibt an dem grünlichen Mongolenfleck hängen, der gut sichtbar oberhalb des runzligen Gesäßes prangt. Das Bild von Blumen, die sich von da aus über den ganzen Körper ranken, baut sich vor ihr auf, bevor es zerplatzt. »Danke, Hizu.«

»Ich wasche sie jeden Tag mit einem feuchten Handtuch. Ich verwende auch Puder, aber bei diesem feuchten Wetter heilt alles sehr schlecht.«

»Wirklich, vielen Dank.«

»Früher, als ich sie noch zusammen mit einer Pflegerin gewaschen habe, war das ziemlich anstrengend. Mittlerweile ist sie so leicht, dass es einfach ist. Ich habe den Eindruck, mich um ein Baby zu kümmern. Erst heute wollte ich sie baden. Zum letzten Mal, weil sie offenbar in eine andere Klinik verlegt wird ...« Ihre großen Augen werden wieder feucht.

»Gute Idee. Wir werden es nachher zusammen machen.«

»Ja, um vier Uhr bekommen wir immer heißes Wasser.« Hizu wischt sich die Tränen aus den roten Augen. »Bis später dann.«

In-Hye nickt ihr zu und bedeckt ihre Schwester wieder mit dem Laken. Dabei bemerkt sie geplatzte Äderchen. Sie sind überall, auf Armen, Beinen, bis zu den Füßen. Man kann Yong-Hye nur noch über Infusionen mit Zucker und Eiweiß versorgen, aber es gibt keine Stelle mehr, um eine Nadel anzusetzen. Laut dem Arzt, der sie tags zuvor angerufen hat, könne man als letzte Möglichkeit einen Port in die obere Hohlvene legen. Aber dafür sei eine Operation nötig und die müsse in einem Krankenhaus durchgeführt werden. Er hat außerdem erklärt, sie hätten mehrfach versucht, ihr über eine Nasensonde Reisbrühe zu verabreichen, aber ohne Erfolg, da Yong-Hye ihren Rachen zugepresst habe. Heute wollten sie einen letzten Versuch machen, bevor sie aufgeben.

Es ist drei Monate her, dass ihre Schwester in dem Wald wiedergefunden wurde. Als In-Hye daraufhin zu ihrem üblichen Besuch kam, teilte man ihr beim Empfang mit, dass der behandelnde Arzt sie sprechen wollte. Sie war besorgt, da sie ihn seit dem Tag der Einlieferung nicht wieder getroffen hatte.

»Wir achten sehr darauf, was wir ihr zu essen geben. Wir wissen ja, dass Fleisch bei ihr eine Nervenkrise verursacht. Aber mittlerweile geht sie weder zu den Essenszeiten in den Speisesaal, noch erlaubt sie uns, ihr etwas zu essen aufs Zimmer zu bringen. Seit vier Tagen geht das nun so. Sie beginnt zu dehydrieren, denn sie widersetzt sich auch vehement den Infusionen. Ich bin noch nicht einmal sicher, dass sie ihre Medikamente regelmäßig nimmt.« Tatsächlich hatte er den Verdacht, sie nähme sie überhaupt nicht. Er warf sich vor, dass er sich von der scheinbaren Verbesserung ihres Zustands habe blenden lassen. An diesem Morgen war eine Krankenschwester zugegen gewesen, um die Einnahme der Medikamente zu überwachen. Sie verlangte von Yong-Hye, sie nachsehen zu lassen, ob sie die Pillen unter ihrer Zunge behalten hatte, aber diese weigerte sich. Daraufhin kontrollierte sie gewaltsam mit einer kleinen Taschenlampe den Zungenboden und fand die Pillen.

An diesem Tag fragte In-Hye ihre kleine Schwester, die am Tropf hing: »Warum hast du das gemacht? Was wolltest du in dem schwarzen Wald? Hast du nicht gefroren? Du hättest ernsthaft krank werden können.« Yong-Hyes Haare waren verfilzt und hingen wie Seetang um ihr schmales Gesicht herum. »Du musst essen! Es ist deine Sache, wenn du kein Fleisch essen willst, aber warum hast du jetzt komplett aufgehört zu essen?«

Yong-Hye bewegte die Lippen: »Ich habe Durst. Gib mir etwas Wasser.«

In-Hye war daraufhin in den Vorraum gegangen, um dort welches zu holen.

Nachdem die Kranke getrunken hatte, fragte sie mit angehaltenem Atem: »Hast du mit dem Arzt gesprochen?«

»Ja, warum isst du nicht …«

Yong-Hye unterbrach sie: »Er hat dir gesagt, dass meine Eingeweide schrumpfen. Stimmt das?«

In-Hye war sprachlos.

Ihre Schwester kam mit ihrem fleischlosen Gesicht näher an sie heran. »Ich bin kein Tier mehr, große Schwester«, flüsterte sie, als sei dies ein wichtiges Geheimnis. Dabei ließ sie ihren Blick verstohlen durch das Zimmer gleiten, obwohl außer ihnen niemand da war. »Ich brauche keine Nahrung. Ich kann ohne leben. Ich brauche nur Sonne.«

»Was erzählst du denn da? Du glaubst wirklich, du seist ein Baum? Wie kann aber ein Baum sprechen? Wie kann ein Baum denken?« In-Hye sah ein kurzes Aufblitzen in Yong-Hyes Augen, gefolgt von einem geheimnisvollen Lächeln.

»Du hast recht. Bald werden das Sprechen und das Denken verschwunden sein. Es wird nicht mehr lange dauern.« Nachdem sie ein paar Mal gekichert hatte, rang sie schnaufend nach Luft: »Wirklich nicht. Du musst dich nur noch ein bisschen gedulden.«

*

Die Zeit verrinnt.

Die halbe Stunde, die sie ihr zugestanden haben, wird bald vorbei sein. Draußen hat der Regen nachgelassen. Vielleicht hat er auch schon ganz aufgehört. Die unbeweglich am Fliegengitter hängenden Regentropfen lassen dies vermuten.

Sie setzt sich auf einen Stuhl neben Yong-Hyes Bett. Dann öffnet sie ihre Tasche und nimmt verschieden große Plastikschüsseln heraus. Nach einem Blick auf die ausdruckslosen Augen ihrer Schwester öffnet sie die kleinste. Ein angenehmer Geruch verbreitet sich in der feuchten Luft des Raumes.

»Yong-Hye! Das ist Pfirsich! Gelber Dosenpfirsich. Den magst du doch so gern, oder? Den hast du doch das ganze Jahr über gegessen, auch wenn es frische Pfirsiche gab. Wie ein Kind.« Sie pickt mit einer Gabel ein Stück heraus und hält es ihr unter die Nase. »Riech mal. Macht dir das keinen Appetit?« Die nächste Schüssel enthält Wassermelone. Klein geschnitten, damit man sie leichter zu sich nehmen kann. »Als du klein warst, wolltest du immer daran riechen, wenn ich eine Wassermelone halbiert habe. Erinnerst du dich noch? Manchmal habe ich es gleich mit dem ersten Schnitt geschafft, und sofort roch das ganze Haus nach Wassermelone.«

Yong-Hye rührt sich nicht. Unglaublich, was nach einem dreimonatigen Fasten aus einem Menschen wird. Selbst der Kopf wird kleiner. Yong-Hyes ist so klein, man mag kaum glauben, dass er einer Erwachsenen gehört.

In-Hye streicht ganz leicht mit einem Stück Melone über die Lippen der Kranken. Vergeblich versucht sie, sie mit zwei Fingern etwas zu öffnen. »Yong-Hye«, flüstert sie. »Antworte mir doch!« Sie unterdrückt den Impuls, ihre Schwester einfach an den knochigen Schultern zu packen, sie zu schütteln und gewaltsam den Mund auseinanderzureißen. Sie ist versucht, ihr dermaßen ins Ohr zu schreien, dass ihr Trommelfell platzt: »Was treibst du nur? Hörst du mich? Willst du sterben? Willst du wirklich sterben?« Sie fühlt unglaubliche Wut in sich aufsteigen, sie kocht geradezu innerlich, während Yong-Hye geistesabwesend durch sie hindurchstarrt.

Die Zeit verrinnt.

Sie dreht den Kopf und blickt nach draußen. Der Regen hat wohl aufgehört, aber der Himmel ist noch wolkenverhangen. Die nassen Bäume geben keinen Laut von sich. Von dem Zimmer im zweiten Stock aus kann man in der Ferne den ruhig daliegenden, dichten Wald vom Berg Chuksong sehen, ein bekanntes Naherholungsgebiet. Er schweigt auch.

In-Hye nimmt eine Thermoskanne aus ihrer Tasche. Sie gießt etwas Quittentee in einen mitgebrachten Thermobecher.

»Yong-Hye, trink wenigstens. Es ist Quittentee, und ich habe ihn lange ziehen lassen.« Sie kostet selbst von dem Getränk, das einen aromatischen, süßlichen Geschmack auf der Zunge hinterlässt. Jetzt gießt sie etwas davon auf ein Taschentuch und benetzt Yong-Hyes Lippen damit. Immer noch keine Reaktion. Sie ruft: »Du bestehst also darauf, so zu sterben? Das kann ich einfach nicht glauben! Du willst doch ein Baum werden, dann musst du essen! Du musst leben!« Sie stockt und holt Luft. Ihr kommt plötzlich ein Gedanke, den sie am liebsten gleich wieder verscheuchen würde. Sie muss sich irren. Kann es sein, dass Yong-Hye von Anfang an nur sterben wollte? Nein, sagt sie im Stillen. Nein, du suchst doch nicht den Tod.

Es war vor ungefähr einem Monat, kurz bevor sie sich ganz in Schweigen hüllte, da raunte Yong-Hye ihr zu: »Große Schwester, hol mich hier raus.« Sie war zu diesem Zeitpunkt schon so mager, dass man ihre Gesichtszüge kaum wiedererkannte. Ihre Rede war abgehackt, und sie atmete schnell und geräuschvoll. Vielleicht strengte sie längeres Sprechen zu sehr an. »Jeder will ständig, dass ich esse. Ich habe keine Lust dazu, aber man will mich zwingen. Einmal habe ich alles wieder ausgespuckt. Also haben sie mir nach dem Essen eine Spritze verpasst, damit ich schlafe. Ich mag diese Spritzen nicht. Ich will sie nicht. Hol mich hier raus. Ich will nicht mehr hier sein.«

Sie nahm Yong-Hyes knochige Hand hoch. »Du kannst noch nicht einmal mehr laufen! Du bist nur noch da, weil du am Tropf hängst. Wenn man dich nach Hause lässt, wirst du dann wieder anfangen zu essen? Wenn du mir das versprichst, dann werde ich dich mitnehmen.« Yong-Hyes Augen hatten ihren Glanz verloren, was In-Hye nicht entgangen war. »Antworte, Yong-Hye. Wenn du mir das versprichst …«

Diese drehte sich weg, um der Schwester nicht in die Augen sehen zu müssen, und sagte kaum hörbar: »Du bist wie die anderen.«

»Was willst du damit sagen? Ich …«

»Niemand versteht mich. Weder die Ärzte noch die Krankenschwestern. Sie sind alle gleich … Sie versuchen gar nicht, mich zu verstehen … Sie geben mir nur Medikamente und Spritzen …« Sie sprach langsam und leise, aber bestimmt. Ohne jede Emotion.

In-Hye machte schließlich dem Ganzen ein Ende, indem sie den Schrei ausstieß, den sie während des ganzen Gesprächs mühsam zurückgehalten hatte: »Ja, wir sind so … Weil wir Angst haben, dass du stirbst!«

Yong-Hye drehte sich zu ihr um und schaute sie an wie eine Fremde. Ihre letzten Worte waren: »Ja und? Ist es denn verboten zu sterben?«

*

»Ja und? Ist es denn verboten zu sterben?«

Was konnte sie darauf antworten? Hätte sie ihrer Wut freien Lauf lassen und ihrer Schwester alles Mögliche an den Kopf werfen sollen?

Vor langer Zeit hatten sich Yong-Hye und sie einmal auf einem Hügel verlaufen. Ihre Schwester, die neun Jahre alt war, meinte daraufhin: »Lass uns einfach nicht nach Hause gehen.«

In-Hye verstand den Sinn dieser Bemerkung nicht. »Was soll das heißen? Es wird bald dunkel. Wir müssen den Weg wiederfinden!«

Erst viel später begriff sie, was ihre Schwester gemeint hatte. Die Schläge ihres Vaters trafen hauptsächlich Yong-Hye. Was ihr Bruder Yong-Ho einstecken musste, konnte er an seinen Freunden auslassen, und er litt daher am wenigsten. Sie selbst war die Ältere und kümmerte sich statt ihrer erschöpften Mutter darum, dem Vater nach seinen Saufgelagen Suppe zu kochen. Deshalb verschonte er sie. Yong-Hye hingegen, von Haus aus fügsam, aber ungelenk, konnte es dem Vater nie recht machen. Sie lehnte sich nicht auf und ertrug die Misshandlungen schweigend. In-Hye wusste das nun. Seitdem interpretiert sie die Ernsthaftigkeit, die sie, als Ältere, schon immer an den Tag gelegt hat, nicht mehr als Reife, sondern als Feigheit. Nur eine andere Art des Selbstschutzes.

Hätte sie dies alles verhindern können? Verhindern können, dass sich Leid unbemerkt bis in Yong-Hyes Knochen fraß? In-Hye hat ein Bild von der kleinen Yong-Hye vor Augen: Nachdem sie endlich über einen anderen Weg nach Hause gefunden hatten, stand sie allein vor dem Tor, mit dem Rücken zu ihr, und die Sonne ging gerade unter. Glücklicherweise wurden sie von einem Traktor mitgenommen, der in Richtung des kleinen Marktfleckens fuhr, in dem sie wohnten. Das Tageslicht nahm schon deutlich ab, als sie auf unbekannten Wegen nach Hause tuckerten. Sie selbst empfand Erleichterung, aber ihre Schwester äußerte nichts dergleichen. Sie betrachtete nur stumm die Pappeln am Wegesrand, die von der Dämmerung eingehüllt wurden.

Hätte alles eine andere Wendung genommen, wenn sie an jenem Nachmittag dem Vorschlag Yong-Hyes gefolgt und nicht nach Hause zurückgekehrt wären? Wäre alles anders gelaufen, wenn sie am Tag der Familienfeier den Arm ihres Vaters rigoroser zurückgehalten hätte, bevor dieser ihre Schwester ohrfeigen konnte? Als Yong-Hye ihren zukünftigen Gemahl der Familie vorstellte, empfand In-Hye keine Sympathie für diesen gefühlskalten Mann. Hätte sich alles anders entwickelt, wenn sie ihrem Bauchgefühl vertraut und sich gegen diese Hochzeit ausgesprochen hätte?

Sie denkt oft darüber nach, welche Faktoren eine Rolle in Yong-Hyes Leben und Schicksal gespielt hatten. Wie bei den komplizierten Zügen eines Go-Spiels ist es sehr schwer, um nicht zu sagen unmöglich, aus dem Leben ihrer Schwester einen Sinn herauszulesen. Aber sie kann nicht aufhören, darüber nachzudenken. Angenommen, sie selbst hätte nicht den Mann geheiratet, den sie geheiratet hat …

An diesem Punkt angekommen, setzt ihr Hirn aus.

Sie hat nie geglaubt, ihn wirklich zu lieben. Trotzdem heiratete sie ihn, in vollem Wissen darum. Brauchte sie eine Verpflichtung, um über sich selbst hinauszuwachsen? Die Arbeit ihres Mannes war ihr keine finanzielle Hilfe, aber sie mochte die Atmosphäre, die in seiner Familie herrschte.

Die meisten seiner Verwandten waren Lehrer oder Ärzte. Sie versuchte, sich ihm anzupassen. An seine Art zu reden, an seine Interessen, seinen Essensgeschmack, seine Vorlieben im Bett. Es gab eine Zeit ganz zu Beginn, in der sie sich stritten, über Kleinigkeiten genauso wie über Wesentliches, wie alle anderen Paare auch. Aber es dauerte nicht lange, da nahm sie, wenn es ihr irgendwie möglich war, gewisse Dinge einfach hin. Jetzt fragte sie sich, ob das wohl ein Fehler gewesen war. Vielleicht hatte sie ihn während der acht Jahre ihrer Ehe in gleichem Maße enttäuscht, wie er sie enttäuscht hatte.

Vor ungefähr neun Monaten rief er sie zum ersten und letzten Mal seit ihrer Trennung an. Es war fast Mitternacht. War er auf dem Land? Sie hörte die Münzen ziemlich rasch durchfallen.

»Ziu fehlt mir.« Seine vertraute, tiefe, angespannte und gleichzeitig ruhige Stimme schnitt ihr ins Herz wie ein stumpfes Messer. »Kann ich ihn sehen, nur einmal?«

Das war typisch für ihn! Ohne Einleitung, ohne ein Wort der Entschuldigung kam er direkt zum Punkt. Das Kind. Er fragte noch nicht einmal, wie es Yong-Hye ging.

In-Hye wusste, wie empfindlich er war. Sie wusste, wie leicht er sich in seinem Selbstwertgefühl verletzt fühlte und wie schnell er verzweifelt war. Sie brauchte ihm nur eine einzige Bitte abzuschlagen, und er würde sie für längere Zeit nicht mehr anrufen. Trotzdem oder genau deswegen legte sie den Hörer auf, ohne ihm zu antworten.

Eine Telefonzelle in der Nacht. Gebrauchte Turnschuhe, verwaschene Kleidung. Das bekümmerte Gesicht eines Mittvierzigers. Sie schüttelte den Kopf, um diese Bilder zu verscheuchen. Doch die wurden nur überlagert von einem anderen Bild. Als er versucht hatte, sich vogelgleich von Yong-Hyes Balkon zu stürzen. Obwohl er so viele Flugszenen in seine Werke eingebaut hatte, gelang es ihm nicht davonzufliegen. Selbst dann nicht, als er es am nötigsten gebraucht hätte …

Sie erinnert sich klar und deutlich an seinen letzten Blick. Sein schreckverzerrtes Gesicht war ihr fremd. Es war nicht mehr der Mensch, den sie zu bewundern versucht hatte und der sie dazu gebracht hatte, sich ihm mit Haut und Haaren zu verschreiben, ihn zu beschützen und ihn zu verstehen. Der, den sie zu kennen glaubte, war nur sein Schatten.

»Ich kenne dich nicht«, murmelte sie vor sich hin, die Hand immer noch auf dem gerade aufgelegten Hörer. Also kein Grund, zu vergeben oder um Vergebung zu bitten. Das Telefon klingelte erneut. Sie zog den Stecker aus der Telefonbuchse und steckte ihn erst am folgenden Morgen wieder rein. Wie von ihr erwartet, rief er sie nie wieder an.

*

Die Zeit bleibt niemals stehen.

Yong-Hye hält die Augen geschlossen. Ist sie eingeschlafen? Hat sie den Geruch des Essens überhaupt wahrgenommen, das sie ihr unter die Nase gehalten hatte?

In-Hye betrachtet die vorstehenden Wangenknochen ihrer Schwester, ihre eingefallenen Lider und die hohlen Backen. Das Atmen fällt ihr schwer. Sie steht auf und geht zum Fenster. Die Wolken sind nicht mehr so dicht und lassen hier und dort einzelne Sonnenstrahlen durch. Der sommerliche Wald des Berges Chuksong hat sein natürliches Aussehen wieder. Irgendwo auf diesem Abhang hat man Yong-Hye in der besagten Nacht gefunden.

»Ich habe ein Geräusch gehört«, erklärte sie im Dämmerzustand, am Tropf hängend. »Ich bin dort hingegangen, weil man nach mir gerufen hat … Das ist der einzige Grund … Als ich dann nichts mehr gehört habe, bin ich stehen geblieben und habe gewartet. Das ist alles.«

»Worauf hast du gewartet?«, fragte In-Hye.

Daraufhin wurden Yong-Hyes Augen plötzlich lebendig. Mit der freien Hand, der ohne Nadel, packte sie die ihrer Schwester. Diese wunderte sich über die Festigkeit des Griffs.

»Ich ging … mit dem Regen zu verschmelzen … vollständig … um in die Erde eindringen zu können. Das war die einzige Möglichkeit, um verkehrt herum von unten heraufzuwachsen.«

Plötzlich muss In-Hye an Hizus Bemerkung denken: »Was können wir nur machen? Yong-Hye wird bald sterben, das ist nicht zu übersehen.«

Daraufhin spürt sie, wie ihre Ohren zugehen. So wie in einem Flugzeug beim Abheben.

Sie hat ein Geheimnis, das sie noch keinem Menschen erzählt hat, und das wird auch so bleiben.

Es war im April vor zwei Jahren. Im gleichen Frühjahr also, als ihr Mann ihre Schwester filmte. In-Hye hatte schon seit über einem Monat regelmäßig Blut verloren. Sie wusste nicht warum, aber jedes Mal, wenn sie Unterhosen wusch, wurde sie an Yong-Hyes blutendes Handgelenk auf der Familienfeier erinnert, die schon mehrere Monate zurücklag. Aus Angst schob sie einen Besuch beim Arzt vor sich her, sich mit der Frage quälend: Wenn ich eine schlimme Krankheit habe, wie viel Zeit bleibt mir dann noch? Ein Jahr? Sechs Monate? Vielleicht nur drei? Daraufhin dachte sie zum ersten Mal bewusst über die Zeit nach, die sie mit ihrem Mann verbracht hatte. Eine Zeit ohne Freude, ohne Natürlichkeit. Eine Zeit, in der sie geduldig und fürsorglich ihr Bestes für ihn gegeben hatte. Ein Zustand, den sie selbst gewählt hatte.

An dem Morgen, an dem sie schließlich den Mut aufgebracht hatte, sich in dem Krankenhaus untersuchen zu lassen, in dem sie entbunden hatte, stand sie am Bahnsteig und wartete auf die U-Bahn. Die Wangsimni-Station liegt oberirdisch, gegenüber einer Reihe provisorischer gebäudeähnlicher Metallgerüste, vor denen sich wildes Gras zwischen den Bahnschwellen toter Gleise breitgemacht hatte. In diesem Augenblick überkam In-Hye plötzlich das Gefühl, noch nie richtig gelebt zu haben. Es stimmte, sie hatte nie richtig gelebt. Seit ihrer Kindheit, zumindest seit sie sich erinnern konnte, hatte sie alles geduldig ertragen. Sie war der festen Überzeugung, dass sie von Haus aus freundlich war und als Folge davon niemandem gegenüber Vorurteile hatte. Außerdem war sie ein ernsthafter Mensch und hatte auf ihre Art Erfolg. Eigentlich hätte alles so bleiben können, wie es war. Warum sie sich angesichts der Gerüste und des hochgewachsenen Grases wie ein Kind fühlte, das nichts über das wahre Leben wusste, war ihr selbst ein Rätsel.

Als sie auf der Untersuchungsliege Platz nahm, bemühte sie sich krampfhaft, ihr Frösteln und ihre Scham zu verbergen. Der Arzt, der schätzungsweise Anfang vierzig war, führte ein Endoskop in ihre Vagina ein und entfernte Polypen von der Scheideninnenwand. Sie krümmte sich unter dem stechenden Schmerz.

»Das war der Grund für Ihre Blutungen. Da ich alle Verwachsungen entfernt habe, sollten in ein paar Tagen die Blutungen aufhören. Kein Grund zur Beunruhigung, Ihre Eierstöcke sind in Ordnung.«

Genau in diesem Moment spürte sie einen irrationalen Leidensdruck. Ihr Leben war nicht in Gefahr, aber sie freute sich nicht darüber. Die quälende Furcht vor einer lebensbedrohlichen Krankheit, die sie länger als einen Monat mit sich herumgetragen hatte, war in Wirklichkeit völlig unbegründet gewesen. Auf dem Heimweg knickten ihr auf dem Bahnsteig der Wangsimni-Station die Beine weg, nicht nur wegen der Nachwirkungen des Eingriffs. Als der Zug schließlich mit ohrenbetäubendem Lärm in die Station einfuhr, brachte sie sich hinter einer Metallbank in Sicherheit. Sie hatte Angst, irgendetwas in ihr drinnen würde sie dazu veranlassen, sich vor den Zug zu werfen.

Wie sollte sie die darauffolgenden vier Monate beschreiben? Die Blutungen dauerten noch zwei Wochen an, dann war der Vernarbungsprozess abgeschlossen. Sie hatte jedoch weiterhin das Gefühl, eine klaffende Wunde im Körper zu haben. So tief, dass sie fürchtete, in diesem schwarzen Loch zu versinken.

Der Frühling verging, und der Sommer kam, ohne weitere Vorkommnisse. Die Kleider ihrer Kundinnen wurden kürzer und farbenfroher. Wie immer lächelte sie, empfahl ihnen enthusiastisch ihre Produkte, machte ihnen Sparangebote und verwöhnte sie mit Proben oder kleinen Geschenken. Sie hängte gut sichtbar Werbeplakate von neuen Erzeugnissen auf und wechselte ohne Zögern eine Kosmetikerin aus, die bei der Kundschaft unbeliebt war. Aber wenn sie am Ende des Tages Ziu abholte und das Geschäft in der Obhut ihrer Mitarbeiter ließ, dann fühlte sie sich ausgelaugt und lebensmüde. Als sie eines Abends in tropischer Hitze durch eine von Musik erfüllte und von Liebespaaren und fröhlichen Menschen bevölkerte Straße ging, spürte sie wieder dieses schwarze Loch, das sie zu verschlingen drohte. Mühsam schleppte sie ihren schweißbedeckten Körper durch das Viertel.

Es geschah zu einer Zeit, in der nur der frühe Morgen und der späte Abend etwas Erfrischung in der brütenden Hitze des Sommertages brachten. Ihr Mann, der, wie es seinen Arbeitsgewohnheiten entsprach, nach mehreren Tagen Abwesenheit in der Morgendämmerung nach Hause gekommen war, nahm sie in die Arme. Sie stieß ihn zurück: »Ich bin müde … Ich sage dir, ich bin fix und fertig.«

Er meinte: »Ach komm, dauert auch nicht lange.«

In diesem Moment erinnerte sie sich, dass sie diesen Satz im Halbschlaf schon unzählige Male gehört hatte. Sie hatte nachgegeben. Schlaftrunken, wie sie war, sagte sie sich, danach würde sie ihre Ruhe haben. Ihr Dämmerzustand würde ihr helfen, den Schmerz und die Erniedrigung nicht an sich heranzulassen. Beim Frühstück, in hellwachem Zustand, empfand sie jedoch das Bedürfnis, sich mit den Stäbchen die Augen auszustechen oder das heiße Wasser aus dem Kessel über den Kopf zu schütten.

Als er dann eingeschlafen war, kehrte Ruhe im Zimmer ein. Das Kind lag schlummernd neben ihr, es war auf die Seite gerollt. Sie drehte es wieder auf den Rücken, und im Halbdunkel fiel ihr auf, dass sich Vater und Sohn im Profil erschreckend ähnlich sahen.

Es gab nichts, was sie nicht hätte verkraften können. Das war keine Frage. Sie musste nur so weiterleben wie bisher. Sie hatte keine Wahl.

An Schlaf war gar nicht mehr zu denken, aber eine immense Müdigkeit saß ihr im Nacken. Sie hatte den Eindruck, ihr Körper sei dehydriert und völlig ausgelaugt.

Beim Verlassen des Schlafzimmers schaute sie zum Balkonfenster hinüber, das in das bläuliche Licht des Morgens getaucht war. Als wäre sie noch nie zuvor in der Wohnung gewesen, ließ sie ihren Blick über die Spielzeuge schweifen, mit denen der Kleine am Abend vorher gespielt hatte. Über das Sofa, den Fernseher, die Türen der Küchenschränke, die Flecken auf dem Gasherd ... In ihrer Brust machte sich ein ungewohnter Schmerz breit, ein Engegefühl, das immer stärker wurde.

Sie öffnete einen Schrank und nahm ein malvenfarbenes T-Shirt aus Baumwolle heraus. Es war schon ziemlich verwaschen, weil sie es seit Zius Geburt häufig trug, wenn sie zu Hause war. Wann immer sie sich schlecht fühlte, zog sie es an. Trotz mehrerer Wäschen roch es noch nach Baby, und dieser Geruch gab ihr Trost. Aber diesmal blieb die positive Wirkung aus. Der Druck in ihrer Brust wurde stärker. Nach Luft ringend, atmete sie tief ein.

Sie ließ sich auf das Sofa fallen und versuchte ihre Atmung zu beruhigen, während sie gebannt dem Sekundenzeiger der Wanduhr folgte. Aber es funktionierte nicht. Sie hatte plötzlich das Gefühl, diese Situation schon unzählige Male erlebt zu haben. Doch diesmal ergriff eine schmerzhafte Erkenntnis von ihr Besitz, als sei sie immer schon da gewesen und habe nur darauf gewartet, an die Oberfläche zu kommen.

Alles ist sinnlos.

Ich halte es nicht mehr aus.

Ich kann so nicht weitermachen.

Ich will nicht mehr.

Noch einmal betrachtete sie die Dinge, die um sie herum standen. Sie gehörten ihr nicht. Ebenso wenig wie das Leben, das sie führte.

Als sie an jenem Nachmittag im Frühling auf dem Bahnsteig stand und der Tod nahe schien – höchstens eine Sache von Monaten, bei all dem Blut, das aus ihr herauslief –, verstand sie etwas. Sie verstand, dass sie schon seit langer Zeit tot war. Dass ihr kräftezehrendes Leben nur ein Trugbild war, eine Farce. Der Schädel des Sensenmanns, der an ihrer Seite stand, war ihr vertraut. Wie ein Verwandter, der nach einer langen Trennung zurückkehrt.

Zitternd war sie aufgestanden, was nichts mit Kälte zu tun hatte, und war ins Spielzimmer gegangen. Sie hatte das Mobile abgenommen, das sie erst in der vorigen Woche zusammen mit Ziu mühsam gebastelt hatte, und machte sich daran, die Schnur zu entfernen. Die Knoten waren so fest, dass ihr die Finger wehtaten, aber am Ende schaffte sie es doch. Nachdem sie die Anhänger, Sterne aus buntem Papier und Zellophan, in einen Korb gelegt hatte, rollte sie den Zwirn auf und steckte ihn in ihre Hosentasche.

Dann schlüpfte sie barfüßig in ihre Sandalen, öffnete die schwere Eingangstür und verließ die Wohnung. Sie ging die fünf Stockwerke hinunter. Draußen war es noch dunkel. In dem riesigen Wohnblock waren nur ein paar Fenster beleuchtet. Sie nahm die kleine Hintertür und begann im Halbdunkel auf einem schmalen Weg den Hügel hinaufzusteigen.

Der Wald schien in der Morgendämmerung dichter zu sein als gewöhnlich. Selbst für Frühaufsteher und ältere Leute, die kamen, um sich dort Quellwasser zu holen, war es noch zu früh. Sie lief, den Kopf gesenkt, und lief und lief. Mit dem Handrücken wischte sie sich den Schweiß und die Tränen aus dem Gesicht. Dann spürte sie den Schmerz, das Loch, das sie von innen heraus verschlang, eine übermächtige Angst und zugleich einen plötzlich in ihr aufsteigenden, seltsam anmutenden Frieden.

*

Die Zeit bleibt niemals stehen.

Sie kehrt zum Stuhl zurück und öffnet den Deckel der letzten Plastikschüssel. Energisch ergreift sie die starre Hand ihrer Schwester und lässt sie die glatte Haut einer Pflaume fühlen, bevor sie ihr diese auf die Handfläche legt und die mageren Finger darumschließt.

Sie hat nicht vergessen, dass Pflaumen zu Yong-Hyes Lieblingsfrüchten zählen. Sie erinnert sich an den Tag, als die kleine Yong-Hye, ohne zu kauen, eine ganze Pflaume im Mund herumdrehend, ihr erklärt hatte, wie angenehm das Gefühl sei. In-Hye blickt erwartungsvoll auf Yong-Hyes Hand, deren Haut ihr wie Pergament vorkommt, so dünn ist sie. Doch es erfolgt keine Reaktion.

»Yong-Hye.« In-Hyes brüchige Stimme klingt unnatürlich laut in der Stille des Raums. Keine Antwort. Sie drückt ihr Gesicht an das von Yong-Hye. Zu ihrer Überraschung öffnet die reglos vor ihr Liegende die Augen. »Yong-Hye!« Sie schaut prüfend in die ausdruckslosen, schwarzen Pupillen. Dort ist nur das Spiegelbild ihres eigenen Gesichtes zu sehen. Ihre Enttäuschung ist genauso groß wie ihr Erstaunen. »Bist du verrückt geworden, wirklich verrückt?« Zum ersten Mal stellt sie ihrer Schwester die Frage, die zu stellen sie sich jahrelang nicht getraut hat. »Bist du wirklich verrückt?« Eine irrationale Angst lässt sie zurückzucken. Die absolute Ruhe im Zimmer, nicht einmal ein Atmen hört man, füllt ihre Ohren aus wie feuchte Watte. »Vielleicht …«, durchbricht sie die Stille. »Vielleicht ist es einfacher, als man denkt …« Sie unterbricht sich und zögert. Dann fährt sie fort: »… verrückt zu werden. Das heißt …« Sie spricht nicht weiter. Stattdessen streckt sie den Arm aus und hält prüfend einen Zeigefinger unter die Nase ihrer Schwester. Ein schwacher, warmer Hauch kitzelt ihn. Langsam, aber regelmäßig. Ihre Lippen fangen an zu zittern.

Hat Yong-Hye vielleicht lange vor ihr und in stärkerem Maße den Schmerz und die Schlaflosigkeit kennengelernt, die In-Hye seit einer Weile stumm erträgt? Ist sie deshalb schon einen Schritt weitergegangen und hat am Ende das feine Band zur Realität durchtrennt?

In Anbetracht der letzten drei Monate und der Misere, in der sie steckt, sagt sie sich: Ohne Ziu und die damit verbundene Verantwortung hätte vielleicht auch sie das Tau losgelassen.

Die einzigen Augenblicke, in denen auf wundersame Weise das Elend verschwindet, sind die nach einem herzhaften Lachen. Wenn ihr Sohn sie durch einen Witz oder Gebärden zum Lachen bringt, bevor sie wieder ihren Gedanken nachhängt. Manchmal kann sie gar nicht glauben, dass sie gelacht hat, und sie versucht es noch einmal. Weniger aus Freude als aus Verwirrung.

Ziu freut sich, sie lachen zu sehen: »Wenn ich so mache? Ist das lustig?« Er versucht sich zu erinnern, was bei anderen Gelegenheiten ihre Heiterkeit beflügelt hat, und schneidet noch einmal die gleiche Grimasse. Er schiebt die Unterlippe nach vorne, macht sich mit den Fingern Hörner, tut so, als ob er fällt, oder macht sich zum Affen, indem er den Kopf zwischen die Knie steckt und mit verstellter Stimme »Mami, Mami« ruft. Je mehr sie lacht, desto einfallsreicher wird er. Er kann ja nicht ahnen, dass seine verbissenen Anstrengungen bei ihr Schuldgefühle wecken, die ihr letztendlich das Lachen vergehen lassen.

Das Leben ist schon seltsam, denkt sie sich nach einem Lachanfall. Egal, was passiert, selbst nach einem schrecklichen Ereignis isst man, trinkt man, geht auf die Toilette, wäscht sich. Kurz, das Leben geht weiter. Manchmal amüsiert man sich sogar. Als sie sich vorstellt, dass es ihrem Mann ebenso ergeht wie ihr, wird sie von einem lang vergessenen Gefühl von Mitleid überschwemmt, als ob sich ihre innere Starre langsam löst.

Sobald der kleine Körper neben ihr mit dem unschuldigen Engelsgesicht in einen tiefen Schlaf hinübergleitet, beginnt pünktlich die Nacht.

Es ist immer noch finster, der neue Tag noch jung. Drei oder vier Stunden, bevor das Kind wieder aufwacht. Das ist die Zeit, in der man keine Geräusche hört. Eine Zeit, lang wie die Ewigkeit und bodenlos wie ein Sumpf. Wenn sie sich mit geschlossenen Augen in die leere Badewanne verkriecht, dann wird sie eingehüllt von einem dunklen Wald. Regentropfen bohren sich wie kleine Pfeile in Yong-Hyes Körper, ihre fleischlosen Füße sind im Schlamm vergraben. In-Hye schüttelt den Kopf, um diese Bilder zu vertreiben, aber dann flirren vor ihren Augen die Blätter von Bäumen an einem hellen Sommertag, als wären sie große grüne Flammen. Sind sie der Grund für die Trugbilder, von denen Yong-Hye ihr erzählt hat? Die unzähligen Bäume, die sie im Laufe ihres Lebens gesehen hat, und Wälder, die die Erde überschwemmen wie eine Sintflut, packen ihren müden Körper, bevor sie in lodernden Flammen aufgehen. Städte, Dörfer und Straßen tauchen an der Oberfläche auf wie Inseln, werden aber zurückgedrängt von der brennenden See, die sie zu einem unbekannten Ziel entführt.

Sie versteht nicht, was diese Fluten bedeuten. Ebenso wenig, was ihr damals die Bäume sagen wollten, die im Morgengrauen am Ende des Hügelweges in den Himmel ragten wie blaue Fackeln.

Mit Sicherheit keine zärtlichen Worte, keine zum Trost und auch nicht zur Unterstützung. Sie wollten sie nicht ermutigen oder ihr helfen, sich wieder zu fangen. Es mussten im Gegenteil harte Worte sein, grausam, feindlich und furchteinflößend. Vergeblich schaute sie sich um. Da war kein Baum, der ihr Leben auffangen wollte. Sie standen da wie riesige Tiere, kräftig und unerbittlich.

*

Die Zeit bleibt niemals stehen.

Sie verschließt ihre Plastikschüsseln. Nachdem sie die Thermoskanne verstaut hat, packt sie eine nach der anderen in ihre Tasche. Sie zieht den Reißverschluss zu.

In welche räumliche und zeitliche Dimension hat sich Yong-Hyes Seele begeben? Irgendwo über dieser körperlichen Hülle, die nur noch aus Haut und Knochen besteht. Sie ruft sich das Bild ihrer Schwester in Erinnerung, wie sie, kopfüber auf die Unterarme gestützt, die Beine kerzengerade in die Luft reckte. Glaubte sie, irgendwo in einem Wald zu sein, statt auf einem harten Zementboden? Erwartete Yong-Hye, dass Äste aus ihr wachsen? Sich weißliche Wurzeln von ihren Händen aus in die schwarze Erde bohren? Sich ihre Beine Richtung Himmel strecken und die Arme auf den Mittelpunkt der Erde zustreben? Ihre bis zum Zerreißen gedehnte Taille den entgegengesetzten Kräften standhalten kann? Blumen aus ihrem Schritt wachsen, wenn das Sonnenlicht auf ihren Körper trifft und das Wasser vom Boden aufsteigt? Stellte sie sich das vor, während sie Handstand machte?

»Hat das alles einen Sinn?«, sagt In-Hye laut und deutlich. »Du bist dabei zu sterben.« Sie hebt die Stimme. »Du liegst in diesem Bett und bist dabei zu sterben. Nicht mehr und nicht weniger.« Sie beißt sich auf die Lippen. So fest, dass Blut zu sehen ist. Sie muss sich zusammenreißen, um nicht das marmorne Gesicht Yong-Hyes zwischen die Hände zu nehmen oder ihren gespenstisch mageren Körper zu schütteln und mit Gewalt durch das Zimmer zu schleudern.

Die Zeit ist abgelaufen.

Sie nimmt ihre Tasche und rückt den Stuhl gerade. Mit hängenden Schultern geht sie aus dem Zimmer. Sie dreht einmal den Kopf und betrachtet Yong-Hye, die immer noch reglos unter dem Laken liegt. Dann beißt sie die Zähne fest zusammen und macht sich auf den Weg zum Vorraum.

*

Eine Krankenschwester mit glatten, kurzen Haaren ist gerade dabei, sich mit einem Plastikkörbchen an einen Tisch zu setzen. Das Plastikkörbchen enthält Nagelknipser. Um einen davon ausgehändigt zu bekommen, bilden die Kranken eine Schlange. Jeder scheint ein bevorzugtes Modell zu haben, denn sie nehmen sich viel Zeit, bevor sie ihre Wahl treffen. Dann setzt sich eine Hilfspflegerin mit Pferdeschwanz in die Ecke und schneidet den Alzheimerpatienten der Reihe nach die Fingernägel.

Bewegungslos verfolgt In-Hye das Treiben. Spitze Objekte und alles, was der Strangulation dienen könnte, sind in der Klinik verboten. Zum einen, damit sich die Patienten nicht gegenseitig verletzen, vor allem aber, damit sie sich nicht selbst etwas antun. Deshalb müssen sie auch die Nagelzwicker nach einer vorgeschriebenen Zeit wieder zurückgeben. In-Hye beobachtet, wie sie sich auf das Nagelschneiden konzentrieren. Die Wanduhr zeigt fünf Minuten nach zwei.

Hinter der Glastür kann man einen weißen Kittel erkennen, und kurz danach betritt ein Psychiater den Raum. Es ist Yong-Hyes behandelnder Arzt. Er sperrt automatisch die Tür hinter sich ab. Gewiss werden Fachärzte auch in jedem anderen Krankenhaus mit Respekt behandelt, aber in der Psychiatrie scheinen sie eine ganz besondere Autorität zu haben. Vielleicht weil die Patienten eingesperrt sind. Alle scharen sich jetzt um ihn, als wäre er der Messias.

»Doktor! Bitte haben Sie einen Moment? Haben Sie mit meiner Frau gesprochen? Wenn Sie ihr sagen, dass ich gehen darf …« Der Mann reiferen Alters lässt einen Zettel in die Tasche des Arztkittels gleiten. »Ich habe Ihnen noch mal ihre Nummer aufgeschrieben. Ein Anruf von Ihnen genügt …«

Ein alter Mann, der an Alzheimer zu leiden scheint, schneidet ihm das Wort ab: »Doktor! Bitte verschreiben Sie mir andere Medikamente. Ich habe immer so ein Pfeifen in den Ohren …«

Inzwischen hat sich auch die an Wahnvorstellungen leidende Frau von vorhin an den Arzt herangeschlichen und schreit ihn an: »Doktor, wollen Sie mir nicht endlich zuhören? Dieser Mann schlägt mich, und ich halte das nicht mehr aus. Nein! Hören Sie doch auf! Warum diese Fußtritte? Sagen Sie doch einfach, was Sie wollen!«

Der Arzt bringt sie durch ein breites Lächeln zum Schweigen. Eine berufsbedingte Gabe. »Ich habe Ihnen keinen Fußtritt gegeben. Warten Sie einen Moment, ich werde mich zunächst um diesen Herrn kümmern. Wann hat das denn angefangen mit dem Geräusch in den Ohren?«

Sie wartet notgedrungen, stampft mit dem Fuß auf den Boden und zieht eine Grimasse. Eher beunruhigt oder verzweifelt als wütend.

Die Tür des Vorraums öffnet sich erneut, und ein weiterer Arzt kommt herein, den In-Hye noch nie gesehen hat.

»Das ist ein Allgemeinmediziner«, flüstert ihr Hizu zu. Sie hat gar nicht bemerkt, dass diese neben ihr steht.

In jeder psychiatrischen Anstalt muss es auch einen Allgemeinmediziner geben. Dieser ist jung und wirkt unnahbar, aber intelligent. Der Psychiater hat sich aus seiner Belagerung befreien können und kommt nun auf In-Hye zu. Tack, tack, tack, seine Schuhe klappern wie immer. Unwillkürlich macht sie einen Schritt zurück.

»Haben Sie mit ihr gesprochen?«

»Sie scheint nicht bei Bewusstsein.«

»Ja, das könnte man meinen, aber ihre Muskeln sind nicht entspannt. Das ist keine Ohnmacht, irgendetwas beschäftigt sie. Sie brauchen sie nur gewaltsam aus diesem Zustand zu holen, dann werden Sie sehen, dass sie vollkommen klar ist.« Sein Gesichtsausdruck ist ernst und etwas angespannt. »Es ist für die Angehörigen nicht einfach, dabei zuzusehen. Wenn Sie also meinen, dem nicht gewachsen zu sein, dann halten Sie besser Abstand.«

»Ich verstehe, aber … Ich glaube, es wird gehen«, antwortet sie.

Ein Pfleger taucht im Flur auf, die sich wehrende Yong-Hye auf seiner Schulter in ein leeres Zweibettzimmer tragend. In-Hye folgt dem medizinischen Personal. Der Arzt hat recht. Offensichtlich war Yong-Hye die ganze Zeit hellwach. Ihre Bewegungen sind wild und rebellisch, so dass es schwerfällt zu glauben, dass sie gerade noch vollkommen stillgelegen hat. Die Schreie, die sie ausstößt, sind weitgehend unverständlich. Bis auf: »Loslassen! Looos-laaassen!« Da sie sich dermaßen wehrt, eilen zwei Krankenpfleger und eine Hilfskraft herbei, um sie auf das Bett zu legen. Anschließend fixieren sie ihre Extremitäten.

»Warten Sie bitte draußen«, fordert die Oberschwester

die ratlos dastehende In-Hye auf. »Für einen Angehörigen ist das schwer zu ertragen. Es ist wirklich besser, wenn Sie draußen warten.«

Genau in diesem Augenblick blitzt Yong-Hye ihre Schwester wütend an. Ihre Schreie werden lauter. Sie gibt gurgelnde Laute von sich. In-Hye hat den Eindruck, ihre Schwester brauche nur weiter so heftig zu zappeln, dann käme sie frei und würde sich auf sie stürzen. Ohne zu überlegen, geht sie zu ihr hin. Deren knochige Arme zittern, und sie hat weißen Schaum vor dem Mund. »Ich … will nicht!«, heult sie. Dieses Mal verständlich. Sie wirkt wie ein Tier. »Ich … will nicht! Ich will nicht … essen!«

In-Hye legt ihre Hände auf die zitternden Wangen ihrer Schwester. »Yong-Hye. Yong-Hye!«

Verängstigt sucht diese Blickkontakt mit In-Hye.

»Gehen Sie, Sie stören!« Die Pfleger fassen In-Hye unter den Achseln, und bevor sie die Gelegenheit hat, sich zu wehren, befindet sie sich auf der anderen Seite der Tür, die aber noch offen steht. Eine Krankenschwester draußen nimmt ihren Arm: »Bleiben Sie hier. Ihre Gegenwart stachelt die Patientin nur auf.«

Der Psychiater zieht Handschuhe an. Er nimmt den langen, dünnen Schlauch, den ihm die Oberschwester reicht, und trägt rundum ein Gel auf. Unterdessen versucht ein Pfleger mehr schlecht als recht, Yong-Hyes Kopf ruhig zu halten. Beim Anblick des Schlauchs wird diese krebsrot und versucht sich dem Griff zu entwinden. In-Hye denkt an seine Bemerkung von vorhin: Es ist uns unerklärlich, wie sie sich in ihrem Zustand dermaßen wehren kann. Ohne darüber nachzudenken, macht In-Hye einen Schritt vorwärts, doch die Krankenschwester hält sie zurück. Die Hände des Pflegers legen sich jetzt grob auf Yong-Hyes eingefallene Wangen, und der Arzt nutzt diesen Moment, um den Schlauch in die Nase einzuführen. »Mist! Er ist wieder verstopft!«, ruft er gereizt.

Yong-Hye blockiert den Zugang zur Speiseröhre mit ihrem Rachenzäpfchen, so dass der Schlauch zwischen den Lippen wieder herauskommt. Der Allgemeinmediziner, der darauf wartet, die Suppe einlaufen zu lassen, verzieht das Gesicht. Sein Kollege zieht den Schlauch wieder aus Yong-Hyes Nase.

»Also los, versuchen wir es noch einmal. Wir müssen endlich vorankommen.«

Erneut wird der Schlauch mit Gel bestrichen. Erneut quetscht der kräftige Pfleger Yong-Hyes Gesicht zwischen seine Hände, die sich wie zuvor wehrt. Der Schlauch dringt in die Nase ein.

»Das schaut gut aus, das war's!« Erleichtert seufzt der Psychiater kurz auf, und der Allgemeinarzt tritt in Aktion. Er injiziert mit einer großen Spritze die Brühe in den Schlauch.

Die Krankenschwester, die immer noch In-Hyes Arm festhält, drückt fest zu und raunt: »Das war's. Wir waren erfolgreich! Wir werden ihr jetzt noch ein Schlafmittel verabreichen, um zu vermeiden, dass sie sich übergibt.«

Als die Oberschwester die Beruhigungsspritze ergreift, hört In-Hye einen spitzen Schrei. Sie reißt sich von der Krankenschwester los und eilt ins Zimmer.

»Gehen Sie weg! Gehen Sie alle weg!« Den Psychiater mit der Schulter aus dem Weg schubsend, stellt sie sich neben Yong-Hye ans Bett. Das Gesicht der Hilfspflegerin, die den Schlauch hält, ist voll von Blut. Es spritzt gleichzeitig aus der Nasensonde und aus Yong-Hyes Mund. Der Allgemeinmediziner macht einen Schritt zurück.

»Ziehen Sie das heraus! Ziehen Sie den Schlauch!«, schreit In-Hye, ohne zu wissen, was sie tut, während der

Krankenpfleger ihre Schultern packt und sie hinausschieben will.

In der Zwischenzeit ist der Psychiater bei der Patientin und fängt an den Schlauch herauszuziehen. »Nicht bewegen! Nicht bewegen!«, herrscht er sie an. »Sedativum!«

Die Oberschwester macht sich bereit, es ihm zu reichen.

»Nein!«, schreit In-Hye, fast schluchzend. »Hören Sie auf! Nein! Tun Sie das nicht!« Sie beißt den Krankenpfleger in den Arm, um sich zu befreien.

»Scheiße, was soll das!«, brüllt dieser.

In-Hye stürzt vor und nimmt ihre Schwester in den Arm. Ihre Bluse ist sofort rot, denn Yong-Hye spuckt nach wie vor Blut. »Hören Sie doch auf! Ich bitte Sie!« Sie ergreift das Handgelenk der Oberschwester, die noch die Spritze mit dem Beruhigungsmittel in der Hand hält. Yong-Hyes Körper fest an sich gedrückt, spürt sie, wie diese zittert.

*

Der Psychiater hat die Ärmel seines Kittels, der ebenfalls blutbespritzt ist, nach oben geschoben. In-Hye blickt auf die Blutflecke, die darauf ein Muster ergeben. Es erinnert sie an einen großen Strudel.

»Man muss sie sofort in eine Notaufnahme nach Seoul bringen. Sobald man dort die Blutung des Magens gestoppt hat, wird man sie durch einen Port in der Halsvene mit Nährstoffen versorgen. Das ist die einzige Möglichkeit, sie am Leben zu erhalten. Zumindest für einige Zeit.«

In-Hye verlässt das Stationszimmer, während sie die Überweisungspapiere in die Tasche steckt. Dann geht sie zur Toilette, sinkt vor der Schüssel auf die Knie und übergibt sich. Ohne großen Lärm zu verursachen, erbricht sie graubraunen Tee, bis nur noch gelbliche Galle kommt.

»Idiotin!«, sagt sie sich mit bebenden Lippen, während sie ihr Gesicht wäscht. »Dein Körper ist das Einzige, was du verletzen kannst. Und auch das Einzige, mit dem du machen kannst, was du willst. Aber sogar daran wirst du gehindert.« Den Kopf hebend, betrachtet sie ihr nasses Gesicht im Spiegel. Das sind die Augen, die sie immer wieder in ihren Träumen gesehen hat. Die Augen, aus denen Blut floss, das sie vergebens versucht hat wegzuspülen. Die Frau, die sie aus dem Spiegel anblickt, weint in diesem Moment nicht. Das Gesicht zeigt keinerlei Gemütsregung. Stumm nimmt sie sich zusammen, wie sie es schon immer getan hat. Die schrillen Schreie von vorhin sind nicht ihre Art. Sie kann kaum glauben, dass sie sie ausgestoßen hat.

Der Gang schwankt vor ihren Augen, als sei sie betrunken. Sie taumelt Richtung Eingang, mühsam das Gleichgewicht haltend. Plötzlich erhellt Sonne den Raum. Es wird auch Zeit. Die Patienten reagieren sofort auf das Licht und erwachen aus ihrer Lethargie. Während alle aufgeregt einen Platz am Fenster suchen, kommt eine Frau, die kein Klinikhemd trägt, auf In-Hye zu. Diese kneift die Augen zusammen, um in ihrem verschwommenen Chaos das Gesicht erkennen zu können. Es ist Hizu. Sie muss geweint haben, denn ihre Augen sind ganz rot. Ist sie von Haus aus mitfühlend, oder leidet sie unter einer affektiven Störung?

»Was soll ich tun? Yong-Hye … Wenn sie geht …«

In-Hye nimmt ihre Hand: »Danke für alles, was Sie getan haben.« Sie hat plötzlich das Bedürfnis, die Arme um die Schultern dieser sonst so energischen und nun weinenden Frau zu legen. Aber sie lässt es. Stattdessen schaut sie zu den übrigen Patienten hinüber, die nach draußen starren. In den Blicken dieser Menschen, deren Seelen sie verlassen haben, liegt die Sehnsucht, von hier wegzugehen. Hier sind sie eingesperrt. Diese Frau ist es, und Yong-Hye war es. Niemand anderes als sie selbst ist schuld daran, dass ihre Schwester hier eingesperrt war. Darüber ist sie sich völlig im Klaren.

Auf dem Gang sind schnelle Schritte zu hören. Zwei Pfleger kommen mit einer Trage, auf der Yong-Hye liegt. Die Hilfspflegerin und In-Hye haben sie gründlich gewaschen und ihr etwas Frisches angezogen. Ihre Lider sind geschlossen, und ihr Gesicht wirkt friedlich wie das eines Babys, das nach dem Baden eingeschlafen ist. Sie sieht, wie Hizu sanft nach der knochigen Hand Yong-Hyes greift, und wendet sich ab.

*

Die Windschutzscheibe des Krankenwagens bildet den perfekten Rahmen für den saftig grünen Sommerwald. Es ist später Nachmittag, und in der untergehenden Sonne glitzern die noch feuchten Blätter in einer solchen Helligkeit, als ob sie ihre Auferstehung preisen wollen.

In-Hye schiebt ihrer Schwester eine noch feuchte Haarsträhne hinter das Ohr. Wie Hizu schon bemerkt hat, ist Yong-Hye sehr leicht. Ihre weiße, glatte Haut ist unglaublich zart. Beim Einseifen des Rückens, auf dem sich jeder Wirbel deutlich abzeichnet, hat sie sich an Abende in ihrer Kindheit erinnert, an denen sie zusammen badeten, sich gegenseitig die Rücken schrubbten und die Haare wuschen.

Wie damals streichelt In-Hye ihrer Schwester über das ausgedünnte, kraftlose Haar. Es ähnelt dem von Ziu, als dieser noch ein kleines Bündel unter der Steppdecke war. Sie erinnert sich an seine kleinen Finger, die über ihre

Augenbrauen streichen, und wird von Wehmut überschwemmt.

Sie holt ihr Handy aus der Tasche und schaltet es ein. Dann wählt sie die Nummer der Nachbarin: »Hier spricht die Mutter von Ziu … Ich habe eine Familienangehörige im Krankenhaus besucht … Ja, es gab einen unvorhergesehenen Zwischenfall … Nein, der Kindergartenbus wird ihn um halb sechs vor unserem Haus absetzen … Ja, er ist normalerweise pünktlich … Ich werde nicht rechtzeitig nach Hause kommen. Falls es doch länger dauern sollte, komme ich vorbei und hole Ziu ab, bevor ich wieder ins Krankenhaus fahre … Ach, es macht Ihnen nichts aus, wenn er bei Ihnen schläft? … Vielen herzlichen Dank … Sie haben meine Handynummer, oder? … Ich rufe Sie wieder an.«

Sie beendet das Gespräch und wird sich bewusst, dass sie Ziu schon seit längerem nicht mehr unter der Aufsicht von jemand anderem gelassen hat. Seitdem ihr Mann weg ist, ist sie ihrem Vorsatz treu geblieben, die Abende und Wochenenden immer mit ihrem Sohn zu verbringen.

Sie runzelt die Stirn. Plötzlich fühlt sie sich müde und lehnt den Kopf an die Scheibe. Mit geschlossenen Augen denkt sie nach. Ziu wird bald groß sein. Er wird lesen können, Leute treffen. Wie soll sie ihm erklären, was passiert ist? Früher oder später wird ihm die Geschichte zu Ohren kommen, in Form von Klatsch natürlich. Weil er gesundheitlich nicht so stabil ist, war er häufiger krank, aber bislang ist er ein fröhliches Kind. Wird sie ihm das erhalten können?

Sie ruft sich die Bilder von den zwei nackten, wie Schlingpflanzen ineinander verwachsenen Körpern in Erinnerung. Ein schockierender Anblick, aber nicht das Sexuelle daran hat sich ihr eingeprägt. Sondern die Tatsache, dass die mit Blumen, Blättern und Stängeln bedeckten Körper ihr wie aus einer anderen Welt erschienen. Sie hatten nichts Menschliches mehr an sich. Sich windende Pflanzen, die darum kämpften, sich ihrer Hülle zu entledigen. Was hatte ihn dazu bewogen, so etwas zu filmen? Was hatte ihn dazu bewogen, alles, was er hatte, aufs Spiel zu setzen, nur wegen dieser einen absurden und trostlosen Szene, und alles zu verlieren?

»Mama, dein Foto ist weggeflogen. Es war der Wind. Ich hab in den Himmel geguckt, ääh … Ein Vogel ist da oben geflogen, und ich hab gehört: ›Das ist deine Mama!‹ … Ääh, und aus dem Vogel, da sind zwei Hände rausgekommen …« Ziu war noch schlaftrunken, als er ihr das vor langer Zeit erzählte. Damals konnte er sich noch nicht so gut ausdrücken. Überrascht stellte sie fest, dass sein Lächeln gezwungen aussah, wie immer, wenn ihm zum Weinen zumute war.

»So. Und? Ist das traurig?«, fragte sie. Noch im Bett liegend, rieb sich Ziu die feuchten Augen mit den kleinen Fäusten. »Wie sah er denn aus, der Vogel? Welche Farbe hatte er?«

»Weiß … ääh, und schön.« Er schniefte, bevor er sein Gesicht an der Brust seiner Mutter verbarg. Sein kleiner Seufzer machte ihr das Herz schwer. Genauso fühlte sie sich immer, wenn er versuchte, sie mit Faxen zum Lachen zu bringen. Es war nicht, dass er etwas von ihr wollte oder Hilfe brauchte. Er war einfach traurig und weinte lautlos.

In besänftigendem Ton sagte sie: »Aha, ich verstehe. Es war also ein Mama-Vogel.« Sich immer noch an sie drückend, nickte er. Sie nahm seinen Kopf zwischen die Hände, zog ihn zu sich her und sah ihm in die Augen: »Schau mich an. Mama ist hier! Ich hab mich nicht in einen Vogel verwandelt, siehst du?«

Auf dem Gesicht des Jungen, feucht wie das eines jungen Welpen, erschien ein kaum wahrnehmbares Lächeln.

»Siehst du? Es war nur ein Traum.«

In diesem Moment fragte sie sich, ob das tatsächlich der Wahrheit entsprach. Nur ein Traum? Nur ein Zufall? Es war nämlich der gleiche Morgen, an dem sie mit ihrem verwaschenen, malvenfarbenen T-Shirt auf dem Hügel den Rückzug angetreten hatte, angesichts der im Dämmerlicht hoch aufragenden Bäume.

»Es war nur ein Traum«, sagt sie laut, Zius Gesichtsausdruck vor Augen. Überrascht, ihre eigene Stimme zu hören, reißt sie die Augen auf und schaut sich schnell um. Der Krankenwagen kriecht gerade auf der Kurvenstraße den Berg hinunter. Sie fährt sich durch die Haare, um diese in Ordnung zu bringen. Sie hat sich schon eine ganze Weile nicht gekämmt, und ihre Finger zittern stark.

Sie kann es nicht erklären. Wie konnte sie auch nur in Betracht ziehen, ihren Sohn so mir nichts, dir nichts im Stich zu lassen? Das war ein Fehler, ein Zeichen von grausamer Verantwortungslosigkeit, für die sie keine Rechtfertigung findet. Nicht vor sich und auch nicht in den Augen anderer. Das ist unentschuldbar. Sie sieht die Wahrheit klar und deutlich: Wenn nicht ihr Mann und Yong-Hye die Ersten gewesen wären, die Grenzen überschritten und damit ihre heile Welt zerstört hatten, dann wäre es wahrscheinlich sie selbst gewesen, die sich aufgelöst hätte und auf Nimmerwiedersehen verschwunden wäre. Hätte nicht das Blut, das ihre Schwester heute verloren hatte, aus ihrer eigenen Brust sprudeln müssen?

»Hmmm.« Yong-Hye regt sich. In-Hye fürchtet, dass ihre Schwester wieder Blut spuckt, und hält eilig ihr Taschentuch vor Yong-Hyes Mund.

»Hmmm.« Yong-Hye erbricht sich nicht mehr, sondern öffnet die Augen. Ihre schwarzen Pupillen starren sie an. Was geht dahinter vor? Welche Angst, welche Wut, welcher Schmerz, welche unbekannte Hölle verbergen sich dahinter?

»Yong-Hye!«, ruft sie mit rauer Stimme.

»Ehh, hmmmm.« Yong-Hye dreht den Kopf weg, um klarzustellen, dass sie in Ruhe gelassen werden will. Sie zieht ihre zitternde Hand auch gleich zurück, als In-Hye danach greift.

Diese kaut an ihrer Lippe, da sie sich plötzlich an den Abstieg an jenem Morgen erinnert. Der Tau war bis ins Innere ihrer Sandalen vorgedrungen und ließ ihre nackten Füße vor Kälte erstarren. Sie weinte nicht einmal. Weil sie es nicht begriff. Sie erkannte die Bedeutung dieser kalten Feuchtigkeit nicht, die ihre Müdigkeit durchbrach und sich in ihren ausgetrockneten Adern festsetzte. Bis ins Mark drang sie vor.

»All das ist …« In-Hye öffnet plötzlich den Mund und flüstert ihrer Schwester etwas zu. Bong. Der Wagen rumpelt über eine Bodenwelle. Mit Gewalt drückt sie Yong-Hyes Schultern wieder zurück auf die Liege. »… vielleicht nur ein Traum.« Sie senkt den Kopf. Wie fremdgesteuert, betont sie jedes Wort, den Mund fest ans Ohr ihrer Schwester gedrückt: »Im Moment des Träumens hält man alles für wahr. Wenn die Nacht aber vorbei ist, weiß man, dass es nicht die Wirklichkeit war. Wenn wir also eines Tages aufwachen, dann …«

Sie hebt den Kopf. Die Ambulanz biegt um die letzte Kurve des Berges. Sie sieht einen schwarzen Vogel, bestimmt ein Milan, sich bis zu den grauen Wolken hochschwingen. Die Sommersonne blendet sie und hindert sie daran, dem Greifvogel weiter zu folgen.

Ruhig atmet sie ein und blickt nach draußen. Die Bäume am Straßenrand stehen in Flammen, grüne, zum Himmel lodernde Flammen, die sich winden wie manche Tiere. In-Hyes Blick ist düster und starr. Wartet sie auf eine Antwort? Lehnt sie sich gegen etwas auf?